भगवान महावीर : कल और आज

साध्वी डॉ. प्रतिभा 'श्री प्राची'

सकाळ प्रकाशन

सकाळ प्रकाशन

Bhagvan Mahavir : Kal Aur Aaj
Sadhavi Dr. Prathibha 'Shri Prachi'

भगवान महावीर : कल और आज

लेखक : साध्वी डॉ. प्रतिभा 'श्री प्राची'

अंतिम शुद्धिकरण : डॉ. रजनी रणपिसे

प्रथम संस्करण : जनवरी २०२१

मुखपृष्ठ : मधुमिता शिंदे

संरचना : पौर्णिमा गोडबोले

प्रकाशक : सकाळ मीडिया प्रा. लि.
५९५, बुधवार पेठ,
पुणे ४११ ००२

ISBN : 978-93-89834-26-0

संपर्क : ०२०-२४४० ५६७८/८८८८८ ४९०५०
sakalprakashan@esakal.com

समर्पण - सुमनाञ्जली

सद्‌गुणालंकृता करुणाशीला
मम जन्मदात्री मातेश्वरी
सौ. सुशीला बंसीलालजी जैन
की प्रथम पुण्य-स्मृति के उपलक्ष्य में
प्रस्तुत कृति
सादर समर्पित करती हूँ।

मनोगत

भगवान महावीर एक वैज्ञानिक महापुरुष है। भगवान महावीर के सिद्धांत वैश्विक, सार्वभौमिक एवं सर्वकालिक है। सत्य, तथ्य, एवं सनातन है। ज़िंदगी की गहरी नींव पर जीवन की भव्य इमारत खड़ा करनेवाली है। इस साधना पुरुष की साधना न केवल इस जीवन में संपूर्ण आत्मज्ञान रुपी दीपक की लौ जगाने में सक्षम है, अपितु जन्म-जन्मान्तरों के लिए साधना पथ का पाथेय है।

भगवान महावीर का जीवनवृत्त कई लेखकों की लेखनी से लिखा जा चुका है। किंतु सकाळ प्रकाशन ने मुझे इस कड़ी में जोडते हुए ए हैंड बुक ऑफ लॉर्ड महावीर 'भगवान महावीर कल और आज' लिखने हेतु प्रोत्साहित किया। एतदर्थ 'स्पेशल थैंक्स टु सकाळ पब्लिकेशन'। आज की २१ वीं सदी के तकनीकी युग में भगवान महावीर की तकनीक प्रत्येक मानव के जीवन के लिए मील-स्टोन की तरह ज़ीवन का समाधान प्रस्तुत करती है। अतः सुधी पाठक इसे रुचिपूर्वक पढ़े और आत्मसात करें। इसी शुभाशंसा सह।

– साध्वी डॉ. प्रतिभा श्री 'प्राची'

अनुक्रमणिका

आरंभिका

चौबीसवें तीर्थंकर वीतराग सर्वज्ञ श्रमण भगवान श्री महावीर

जैन धर्म : जीवन जीने की एक कला

जिन के अनुयायी को जैन कहते हैं। जिन का अर्थ है जीतना, विजय पाना। अपने आंतरिक कषाय, क्रोध, मान, माया, लोभ पर विजय पानेवाला ही जिन कहलाता है। जिन को ही तीर्थंकर या अरिहंत कहते हैं। वे मानव की देह में भगवान होते हैं। जैन परंपरा में तीर्थंकरों को सर्वोच्च सम्मान दिया जाता है।

जैन धर्म के सिद्धांत

जैन धर्म के मुख्य सिद्धांत है; अहिंसा, अनेकांतवाद और अपरिग्रह।

- **अहिंसा**

जैन धर्म की धारणा के अनुसार समस्त जीवनधारी प्राणियों में आत्मा है। ये सब आत्माएँ समान हैं। इन सबका समान आदर भाव होना चाहिए। अहिंसा हमें विश्व प्रेम तथा प्राणी दया सिखाता है। हिंसा तीन प्रकार की होती है - विचारों से, शब्दों से और वर्तन से। हिंसात्मक वृत्ति से हिंसा करनेवाले और करवानेवाले दोनों को नुकसान होता है। हिंसात्मक शब्द दूसरों के मस्तिष्क एवं हृदय में भय पैदा करते हैं। विचारों का प्रभाव अपनी वाणी और वर्तन पर पड़ता है। बुरे विचारों से सर्वाधिक क्षति आत्मा को पहुँचती है।

- **अनेकांतवाद**

सत्य को विभिन्न दृष्टिकोणों से समझना अनेकांतवाद है। जैनदर्शन कहता है कि सत्य, देखनेवाले के दृष्टिकोण की अपेक्षा सापेक्ष है। हर ज्ञान सत्य एवं बहुआयामी, सापेक्ष दृष्टिकोणों से युक्त है। एक बार यदि हम इस अभिवृत्ति को समझ जायेंगे तब हम दूसरों के विचारों को सुनने की योग्यता रखेंगे तथा उनके विचारों को स्वीकार भी करेंगे। सत्य को स्वीकार करते हुए हम अपने जीवन में सामंजस्य तथा समरसता स्थापित कर सकेंगे। दूसरों के साथ मैत्रीपूर्वक रह सकेंगे।

- **अपरिग्रह**

भौतिक वस्तुओं का संग्रह बाह्य परिग्रह है और व्यक्ति तथा वस्तुओं के प्रति आसक्ति आंतरिक परिग्रह है। दोनों के कारण क्रोध, मान, माया, लोभ पैदा होते हैं। आसक्ति सभी तकलीफों, दुःखों की जननी है। अनासक्ति का अभ्यास हमारे जीवन में संभावनाएँ जगाता हैं, जो अपनी आत्मा की मुक्ति के लिए आवश्यक हैं।

जैन धर्म के तीर्थंकर

१. भगवान ऋषभदेव

२. भगवान अजित नाथ

३. भगवान संभव नाथ

४. भगवान अभिनन्दन

५. भगवान सुमति नाथ

६. भगवान पद्मप्रभु जी

जैन धर्म का कर्म सिद्धांत

मनुष्य की आत्मा चुम्बक है और कर्म लोहे के कण हैं। कषाय के भाव इन कणों को आकर्षित कर आत्मा पर चिपका देते हैं। यह भाव निरंतर चलते रहते हैं तथा कर्मों का संग्रह भी निरंतर जारी रहता है अतः आत्मा को जन्म-मरण के चक्र से गुजरना पड़ता है।

पुराने संग्रहित कर्मों को तोड़ना तथा नये कर्मों को आकर्षित होने से रोकना यह हमारा उद्देश्य हैं। इस प्रक्रिया के लिए हम ज्ञान, समभाव, सहिष्णुता, तप, आत्मसंयम, क्षमाभाव, प्रायश्चित्त, दयाभाव, सेवा, ध्यान, संयम द्वारा रोकने का प्रयत्न करते हैं।

जैन धर्म का मूल ग्रन्थ / धर्मग्रन्थ

जैन धर्मग्रन्थ 'आगम' भगवान महावीर के उपदेशों पर आधारित है। यह ग्रन्थ अर्ध-मागधी प्राकृत भाषा में रचित है। भगवान महावीर के समय सामान्य लोग इसी भाषा का उपयोग संवाद के लिए करते थे।

पाँच पूज्य व्यक्तित्व

नवकार मन्त्र जैन धर्म की सबसे प्रमुख प्रार्थना है। इस प्रार्थना से हम अरिहंत, सिद्ध, आचार्य, उपाध्याय, साधु-साध्वियों को आदरपूर्वक नमन करते हैं। कुल मिलाकर वे पंच परमेष्ठी के नाम से जाने जाते हैं।

- **अरिहंत**

अरिहंत सम्पूर्ण मानव है। अरि अर्थात् आत्मा के गुणों को नष्ट करनेवाले कर्म शत्रुओं को हन्त अर्थात् हनन करनेवाले। ये कर्म शत्रु हैं - क्रोध, मान, माया, लोभ। इनका नाश करके ही व्यक्ति चार घाति कर्मों को काट सकता है। ज्ञानावरणीय, दर्शनावरणीय, मोहनीय और अंतराय ये चार घाति कर्म कहलाते हैं। इनका नाश करने के पश्चात् ही केवलज्ञानरूपी सूर्य आत्मा में प्रकाशमान होता है। तब वह व्यक्ति केवली कहलाता है। केवली बनने के पश्चात् उनमें अनंतज्ञान, अनंतदर्शन, अनंतशक्ति, अनंत आनंद प्राप्त होता है। वह शुद्ध आत्मस्वभाव को प्राप्त करता है। सम्पूर्ण अशुद्धता आत्मा से दूर हो जाती है।

• **सिद्ध**

जैन दर्शन समस्त कर्मों को आठ मुख्य विभागों में विभाजित करता है। चार घाति कर्म हैं जिनको दूर करके व्यक्ति केवली और अरिहंत बनता है। शेष चार अघाति कर्म हैं - वेदनीय, नाम, गोत्र, आयुष्य। ये चारों हमारे सुख, दुःख, शरीर, सामाजिक स्तर तथा उम्र के लिए जिम्मेदार हैं। जब केवलज्ञानी इन चारों को नष्ट करते हैं, तब सिद्ध कहलाते हैं। मुक्त आत्माएँ सिद्ध कहलाती हैं।

वे देह रहित शुद्ध आत्मा होते हैं। उन्होंने जन्म-मृत्यु का नाश करके मोक्ष को प्राप्त किया है। उनके पास पिछले कर्म नहीं है तथा वे नए कर्म एकत्रित नहीं करते। शुद्ध आत्ममुक्ति की इस अवस्था को जैन दर्शन में मुक्ति कहते हैं। स्वस्तिक पर स्थित अर्धचंद्र आकार है, जिसे सिद्धशिला कहते हैं। उसके ऊपर खुले स्थान पर सिद्ध बिराजमान है, उसे मोक्ष कहते हैं।

• **आचार्य**

आचार्य आध्यात्मिक नेता तथा संघ के प्रमुख होते हैं। उन्होंने उच्च स्तरीय आध्यात्मिक निपुणता को हासिल किया होता है। भगवान महावीर के उपदेशों को आचार्य आगे बढ़ाते हैं। जैन संघ के आध्यात्मिक विकास की सम्पूर्ण जिम्मेदारी को वे वहन करते हैं। सामान्यतः वे कई भाषाओं के जानकार होते हैं। विश्व के अन्य दर्शन एवं धर्मों का गहरा ज्ञान भी उन्हें होता है।

• **उपाध्याय**

उपाध्याय वे संत हैं, जिन्हें जैन आगमों पर अधिकार होता है। वे अन्य धर्म ग्रंथों एवं दार्शनिक धाराओं का सम्यक ज्ञान रखते है। वे जैन धर्म ग्रंथों को, साधु-साध्वी तथा जिज्ञासु वर्ग को सिखाते हैं। मूल आगम ग्रंथों के ज्ञान पर उनका प्रभुत्व होता है।

• **साधु-साध्वीजी**

जब गृहस्थ सांसारिक प्रवृत्तियों से अनासक्त हो जाते हैं तथा शेष जीवन आध्यात्मिक विकास में लगाना चाहते हैं तब वे पारिवारिक संबंध, सर्व संग्रह तथा आसक्ति का त्याग करके साधु-साध्वी बनते हैं। अहिंसा, सत्य, अस्तेय, ब्रह्मचर्य और अपरिग्रह, इन पाँच व्रतों का पालन करते हैं। वे सादा, धार्मिक और करुणामय जीवन व्यतीत करते हैं।

कल्याणक

जैन परंपरा में तीर्थंकर के पाँच प्रमुख प्रसंगों को उत्सव के रूप में मनाया जाता है।

- **च्यवन कल्याणक**

यह तब मनाया जाता है जब तीर्थंकर की आत्मा माँ के गर्भ में प्रवेश करती है। जब तीर्थंकर की आत्मा माँ के गर्भ में प्रवेश करती है, माँ चौदह स्वप्न देखती है।

- **जन्म कल्याणक**

तीर्थंकर के जन्म के समय यह प्रसंग मनाया जाता है। तीर्थंकर शिशु को इंद्र मेरु पर्वत पर ले जाकर उसका अभिषेक करते हैं, वह जन्माभिषेक महोत्सव कहलाता है।

- **दीक्षा कल्याणक**

इस प्रसंग पर भावी तीर्थंकर सांसारिक भोगों तथा पारिवारिक संबंधों का त्याग करते हैं। वे स्वयं ही संत दीक्षा अंगीकार करते हैं।

- **केवलज्ञान कल्याणक**

यह तीर्थंकर का वह प्रसंग है जब वे चार घाति कर्मों को तोड़ते हैं तथा अद्भुत जप, ध्यान, आत्म-संयम के अभ्यास के पश्चात् केवलज्ञान (सम्पूर्ण ज्ञान) को प्राप्त करते हैं।

- **निर्वाण कल्याणक**

यह प्रसंग तब मनाते हैं, जब तीर्थंकर इस मानव देह का त्याग करते हैं तथा शेष चार अघाति कर्मों का क्षय करके सिद्ध गति को प्राप्त करते हैं। जन्म-मरण की परंपरा से मुक्त होते हैं।

तीर्थंकर

प्राकृत शब्दकोष के अनुसार 'तीर्थ' का अर्थ स्थान है। 'तीर्थ' अर्थात् जिस स्थान से तिरा जाएँ। तीर्थंकर ही अरिहंत तथा 'जिन' नाम से जाने जाते हैं। ऐसी महान आत्मा, जो तीर्थ की स्थापना करें, उन्हें तीर्थंकर कहा जाता है। मनुष्य को जन्म-मृत्यु के चक्र से निकालकर मोक्ष की ओर ले जानेवाले मूल्यों की स्थापना तीर्थंकर करते हैं। प्रत्येक अर्ध कालचक्र में आत्मायें तीर्थंकर के रूप में जन्म लेती हैं।

तीर्थंकर महावीर का जन्म कल्याणक (सूतिका कर्म) संपन्न करते हुए
५६ दिशा कुमारियां।

तीर्थंकर नाम कर्म का वे उपार्जन करते हैं। इस नाम कर्म के उपार्जन की योग्यता वे ही रखते हैं, जिनमें अनुकम्पा, अनेकांतवाद, अपरिग्रह, आत्म-संयम करने कराने की योग्यता पाई जाती हो।

तीर्थंकर अरिहंत होते हैं, तथा जैन संघ की स्थापना करते हैं। साधु-साध्वी, श्रावक-श्राविका इन चारों के समूह को जैन संघ कहते हैं।

इस अर्ध कालचक्र में आज तक २४ तीर्थंकरों ने जन्म लिया है। हमारे इस समय के प्रथम तीर्थंकर थे ऋषभनाथ (आदिनाथ अथवा ऋषभदेव नाम से भी इन्हें जाना जाता है।) चौबीसवें, अंतिम तीर्थंकर हैं, भगवान महावीर जो ई. पू. ५९९ से ई. पू. ५२७ में हुए थे।

प्रथम तीर्थंकर ऋषभदेव का जन्म अयोध्या में हुआ था। उनको कैलाश पर्वत पर महत्तम आत्मज्ञान (कैवल्य) प्राप्त हुआ। वे इस धर्म के सबसे प्रथम प्रवर्तक थे। चौबीसवें तीर्थंकर भगवान महावीर ने प्राचीन जैन धर्म को नवसंजीवनी देकर दृढ़ करने का कार्य किया ।

तीर्थंकर भगवान महावीर

विश्व के प्राचीन संस्कृतियों में से और प्राचीन धर्मों में से एक है जैन धर्म। अहिंसा, अनेकांतवाद और अपरिग्रह इन तत्वों की विचारधाराओं पर जैन धर्म पूरे विश्व में फैला हुआ है। जैन धर्म के चौबीसवें तीर्थंकर भगवान महावीर ने इस धर्म को पुनः प्रस्थापित करके धर्मप्रसार किया । महावीर को किसी शिक्षक की आवश्यकता नहीं थी। वे स्वयं ही अपने शिक्षक थे। उनके हृदय में ऐसा ज्ञान विद्यमान था जिसे कोई भी विद्यालय प्रदान नहीं कर सकता। उनका कार्य अलौकिक है भगवान महावीर के महान उपदेश आज भी उतने ही उपयुक्त और महत्वपूर्ण हैं। इस पुस्तक में आगे दिये हुए प्रकरणों में हम प्रभु के जीवन के बारे में तथा उनके उपदेशों को जानने और आत्मसात करने की कोशिश करेंगे।

अध्याय १

भगवान महावीर का स्वर्ग से अवतरण एवं जन्म

•

दसवें स्वर्ग में भगवान महावीर की आत्मावस्था

•

महारानी त्रिशला के गर्भ में अवतरण एवं स्वप्न दर्शन

•

गर्भ में करुणाहृदय महावीर

•

मानव के रूप में जन्म धारण

•

जन्मोत्सव

•

सौंदर्य की अद्भुत प्रतिमा

•

नामकरण संस्कार

दसवें स्वर्ग में भगवान महावीर की आत्मावस्था

गणना से परे, पल्यों से परे, हजारों या करोड़ों वर्ष, क्या अंतर पड़ता है? असंख्य जन्मों और देश कालों को एक साथ अपने आसपास चक्रायित अनुभव कर रहा है, जी रहा है कोड़ा-कोड़ी सागरों के पार, गणनातीत काल में न जाने कहाँ-कहाँ, कैसे-कैसे द्रव्य, क्षेत्र, काल, भाव का संवेदन करती आ रही है महावीर की आत्मा। देवों का आयुष्य जब छः मास अवशिष्ट रहता है, कल्पवृक्ष कंपित होने लगता है, देवों की माला मुरझा जाती है, श्री और ह्री का नाश हो जाता है, वस्त्रों का उपराग होने लगता है, दीनता छा जाती है, नींद उड़ जाती है, कामना समाप्त हो जाती है, शरीर टूटने लगता है, दृष्टि में भ्रान्ति हो जाती है, कम्पन होने लगता है और चिंता में ही समय व्यतीत होता है।

किन्तु प्राणत स्वर्ग से च्यवन के समय भगवान महावीर इसके अपवाद रहे। भगवान महावीर का भवांतर संक्रमण तो वस्त्र परिवर्तन से अधिक महत्त्व नहीं रख़ता। अध्यात्म का साधक मृत्यु को अमरता का आदि क्षण मानता है। वह तो अत्यंत उल्लसित होता है कि उसकी गति में वेग भर रहा है और वह पारदृष्टा के छोर तक पहुँच रहा है। भगवान महावीर का यह भव-संक्रमण तो साधना की चरम उपलब्धि था। उनके चारों ओर आनंद आकार ले रहा था। वे तो उस समय को सन्निकट जानकर आत्मस्थ थे। अतः उनकी माला के मुरझाने तथा कल्पवृक्ष के कम्पित होने का प्रश्न ही नहीं था। दीनता, निद्रा, कामना, भ्रान्ति, तथा चिंता से वे बहुत समय पूर्व ही ऊपर उठ चुके थे।

जब तक वे प्राणत कल्प में रहे, अपने पूर्व जीवन में विहित अध्यात्म साधना को आत्मभूत किये हुए थे। वह साधना उनका स्वभाव हो गई थी। जन्म-जन्मांतर का साधक किसी भी स्थिति में कहीं पर भी नहीं लुभाता। उसकी दृष्टि सदैव श्रेय की ओर ही केंद्रित रहती है। प्रेय उनसे क्रमशः बिछुड़ता जाता है। भगवान महावीर के साथ उक्त बारह प्रकार, जो अन्य देवों के साथ अनिवार्यतः होते हैं, नहीं हुए। जन्म-जन्मान्तरों की उनकी साधना ही इसमें निमित्त थी। वे आत्मप्रज्ञ, आत्मस्मृत आत्मश्रवा तथा आत्मदृष्टा थे। अतः आत्मा की अनुभूति में ही प्रतिक्षण रमण करते थे। सम्यक्त्व बोधि प्राप्त करने के बाद सत्ताईस भवों की यात्रा का अंतिम पड़ाव सम्पूर्णता की ओर बढ़ने के लिए समुत्सुक था।

महारानी त्रिशला के गर्भ में अवतरण एवं स्वप्न दर्शन

महारानी त्रिशला का परिचय

विश्वविख्यात प्रदेश वैशाली के गणाधिपति महाराजा चेटक की सबसे बड़ी पुत्री थी त्रिशला। यह वाशिष्ठ क्षत्रियों का कुल तथा इक्ष्वाकुओं की गौरवशाली परंपरा है। इसी वंश के पूर्वज जनक ने विदेह होकर, सदेह जगत के तमाम ऐश्वर्यों को अचूक भोगा था। उनसे ऐसी महिमा प्रकट हो गई कि आर्यावर्त के इस प्रदेश का नाम ही विदेह हो गया। जानकी सीता वैदेही कहलाई। लिच्छवियों की इस वैशाली में गणतंत्र राज्य की नींव पड़ी थी। वैशाली का हर नागरिक अपने अधिकारों का स्वतंत्र निर्णायक था। हर लिच्छवि अपने को राजा कहता था, यहाँ हर मनुष्य अपना राजा था। वैशाली में स्वतंत्रता का सूर्य अपनी परिपूर्ण प्रभा से जगमगाता था।

त्रिशला कोल्लाग सन्निवेश ज्ञातृवंशीय क्षत्रिय कुण्डपुर के महाराजा सिद्धार्थ की अधीश्वरी महारानी थी। उनके राज्य के पूर्व दिशा में अरण्यों का प्रदेश था, जिसके कई वनखण्ड अभेद्य थे। पश्चिम में कोसल राज्य था। एक तरफ लहराती विशाल वक्षा गंगा तो दूसरी तरफ हिमालय की तलहटी के उत्तुंग देवदारु वन थे। त्रिशला स्वातंत्र्य सूर्य के अप्रतिम देश वैशाली की बेटी और बहू थी। इस जनपद में अन्न, वस्त्र, आवास का अभाव नहीं था। त्रिशला ने अपने पीहर और ससुराल में मृत्यु नहीं देखी थी। किन्तु धनवान और निर्धन के अंतर को देखा था। रोग, बुढ़ापा और मृत्यु के दृश्य देखे थे। दूरी में ओझल होती शव यात्रा और धाड़ मारकर रोते वियोगियों का शोक संताप देखकर त्रिशला का दिल काँपता था।

आषाढ़ शुक्ला छठ का दिन था। महारानी त्रिशला राजभवन में अपनी शय्या पर सुखपूर्वक अर्धनिद्रित अवस्था में लेटी हुई थी।अचानक महारानी ने देखा किसी अचिन्ही गुफ़ा में से ऊपर को उठी आ रही एक सूंड, उसमें से शाखायित हो उठी सात सूंडे, एक विशाल पशु काया, पास में इंद्र का ऐरावत। देखते देखते वह हवा में तैरते बादलों में छितरा गया। एक उजला बादल ऊपर आने लगा है, उसमें से तरंगायित होती सी एक प्रचण्ड आकृति। त्रिशला को स्पष्ट हुआ, अरे! यह तो वृषभ है, पुष्ट सफ़ेद बैल। पूरे आसमान को नीली घास की तरह चर रहा है। उसकी कूबड़ में से खुल पड़ी एक गुफा। भयावनी गुफा के चट्टानी गर्भ में से गर्जन और दहाड़ से

एक विराट श्वेत सिंह लाल धारियोंवाला सुनहरा, पर्वत से पर्वत तक छल्लांगे भरता हुआ, क्षितिज के मंडल को फांद गया।

इसके बाद महारानी त्रिशला ने कमल पर बिराजित सुन्दर लक्ष्मीदेवी को देखा। तत्पश्चात ही अंतरिक्ष में से झूल आती दो मंदार फूलों की मालायें, काली रजनी में ताराओं से घिरे पूर्ण चन्द्रमण्डल को देखा। उसके पश्चात् उदीयमान एक प्रचंड प्रतापी सूर्य देखा। उसे देखते देखते ही दो सुवर्ण कलश संयुक्त हो गए। उस संयुति में से खुल पड़ा एक नीला सरोवर और उसमें क्रीड़ा करती तैर रही दो मछलियाँ। कमलों से शोभायमान वो सरोवर नीले जल से परिपूर्ण था। निगाहें उठायी तो सफ़ेद लहरों से लहराते महासागर को देखा।

उसके शिखर पर ध्यान से देखा तो पता चला कि अंतरिक्ष से तैरता चला आ रहा, रत्नों से सज्जित वातायनों एवं जालियोंवाला कोई स्वर्गिक देव विमान है। देखते ही देखते वहाँ रत्नों से एक स्तूपाकार बन गया और जाने कब वह रत्नों का स्तूप विलग होकर उसमें से दिक्काल व्यापी ज्वालाओं से एक विराट अग्निशिखा उठी। भूगर्भ के हवनकुण्ड में से उठकर, व्योम में लपलपाती हुई एक निर्धूम अग्निज्वाला।

पल मात्र में त्रिशला ने पाया कि वह विराट अग्निमण्डल उसी के भीतर अन्तर्धान हो गया... उसे अचानक महसूस हुआ यह कोई आ रहा है, छाती में लात मारता हुआ? उस अपूर्व सुखद पदाघात से त्रिशला जाग उठी। सचेत होकर देखा, अपने कक्ष में ही शांत लेटी है भारहीन फूल की तरह।

प्रसन्नता से वो सोचने लगी। सपनों के सुन्दर देश में जाने कहाँ कहाँ घूम आयी। एक ही स्वप्नकक्ष में जाने कितने सपनों की एक चित्रमाला खुलती चली गई। उस सुख को अपने में समेट कर न रख सकी त्रिशला। सिद्धार्थ राजा के पगतलियों पर माथा ढ़ालकर संकुचित सी बैठ गई। क्या बात है विदेहा? पूछने पर त्रिशला अपने भरे-भरे गले से अपनी स्वप्न यात्रा की कथा उन्हें सुनाती चली गई। पूछने लगी, ''स्वामी, चुप क्यों हो? कहो ना! क्या रहस्य है सपनों की इस माया भरी अलौकिक यात्रा का?''

बड़ी देर तक सिद्धार्थ मुस्कुराते रहे, एकटक देखते रहे, फिर धीरे से बोले, ''आत्मन्, आज की रात हम दो नहीं रहे। संयुति का यह सुख अकथ्य है। तुम्हारी कोख धन्य हो गई। केवल एक देश और काल का नहीं, त्रिलोक और त्रिकाल का चक्रवर्ती तुम्हारे गर्भ में आया है। वही है पर्वत से पर्वत तक छलांग भरता सिंह। वही है मर्यादा तोड़कर बहता महासागर। वही है निर्धूम वन्हिमान अग्निपुरुष। लोक

के समस्त दुःखों का ध्वंसक धर्मचक्रेश्वर। तीर्थंकर की भावी जनेता को सिद्धार्थ प्रणाम करता है।" ऐसा कहते हुए सिद्धार्थ राजा भाव विभोर हो गए।

देवलोक से प्रभु को माता त्रिशला के गर्भ में आया देखकर प्रथम देवलोक के इंद्र शक्रेंद्र ने प्रभु को प्रणाम किया। तथा तीर्थंकर के माता-पिता को धन्य-धन्य कह उठे।

गर्भ में करुणाहृदय महावीर

भगवान महावीर माता त्रिशला के गर्भ में अभिवृद्धि को प्राप्त हो गए। गर्भ अभिवृद्धि के साथ साथ उसकी संक्रमण शीलता (हलनचलन) भी क्रमशः बढ़ने लगी थी। विशिष्ट ज्ञान के धारक तथा करुणावत्सल भगवान महावीर ने अनुभव किया कि मेरी गतिशीलता के कारण माता को कष्ट होता है। अतः उन्होंने गर्भ में संचरण करना स्थगित कर दिया। उसका परिणाम विपरीत ही रहा। महारानी त्रिशला इस आशंका से व्याकुल हो उठी की कहीं मेरा गर्भ नष्ट न हो गया हो। परिणामस्वरूप त्रिशला माता की समस्त खुशियाँ छिन गई, वे हर समय दुःखी रहने लगी। राजा सिद्धार्थ सहित समस्त राजपरिवार भी शोकाकुल हो गया। पुनश्च गर्भस्थ भगवान ने अपने अवधिज्ञान के बल पर अपनी माता का दुःख पहचाना। माँ की ममता की गहराई से वे परिचित हुए। तत्क्षण उन्होंने निश्चय किया कि माता-पिता को दुःख पहुंचे ऐसा कोई भी कार्य जीवन में नहीं करूँगा। माता-पिता जीवित रहेंगे तबतक दीक्षा धारण नहीं करूँगा।

पुनः उन्होंने गर्भ में हलन चलन प्रारम्भ किया। माता को गर्भ के हलन चलन का एहसास होते ही वह ख़ुशी से झूम उठी। इस अवस्था में अनेक कष्ट माता को भोगने पड़ते हैं। गर्भ का दायित्व निभाने के लिए रानी ने यह सब कुछ सोल्लास किया। सब प्रकार की सावधानियाँ रखीं। वह दिन-रात प्रसन्नचित्त और धार्मिक क्रियाओं में प्रवृत्त रहती।

गर्भस्थ शिशु महावीर ने घटना को देखा और माँ की ममता को। एक मानसिक संकल्प उभरा - मैं आजीवन माता-पिता के पास रहूँगा। नियति का अपना प्रभाव। मनुष्य स्वतंत्र है चिंतन के लिए और कर्म के लिए। यह सापेक्ष सत्य है, वह सर्वथा स्वतंत्र नहीं है। कहीं कहीं नियति से बंधा हुआ भी है। महावीर की नियति मोक्ष से बंधी हुई थी, किन्तु माता-पिता को अपने द्वारा संतुष्ट करने के बाद ही। अतः संकल्प भी नियति के अधीन था।

मानव के रूप में जन्म-धारण

महारानी त्रिशला का चित्त (मन) शांत, प्रसन्न था, सोच सकारात्मक थी, विश्वास अटूट था। उन्हें पता चला कि वे रत्नकुक्षिधारिणी धर्मचक्रवर्ती की माता बननेवाली है। तब वे गर्भ की अधिक सुरक्षा करने लगी। बालक के गर्भ में अवतरण के प्रभाव से त्रिशला के मन में भोजन, वसन, सुगंध, श्रृंगार... किसी भी भोग की कोई ईहा नहीं रही। एक सहज तृप्ति भीतर से ही उमड़ती रही।

चैत्र शुक्ला त्रयोदशी का दिन था। प्रकृति तथा वातावरण में सुखद परिवर्तन नजर आ रहा था। ब्रम्ह मुहूर्त में ही असंख्य शंख ध्वनियों से आकाश का गुंबद गुंजायमान हो उठा था। आम्र मंजरियों की भीनी भीनी गंध में कोयल की कुहुक मन को प्रसन्न कर रही थी। उत्तराफाल्गुनी नक्षत्र था। वातावरण में निर्मलता मानो एक उजली नदी सी प्रवाहित थी। हौले-हौले बहती हवा में एक अद्भुत लय का एहसास हो रहा था। पहाड़, पेड़, पंछी, नदी, मैदान, तृण और कण कण में सुख छलक उठा था। सहस्त्रावधि वर्षों से नाना कष्ट भोगते नारकी जीव, अपनी चिर पुरातन यातना शय्या से उठकर प्रसन्न मुस्कुरा रहे थे। नरकों की यातनायें उस क्षण थम सी गई थी। अकारण सुख महसूस हो रहा था, क्योंकि समस्त तीन लोक के चराचर जगत को सुख देनेवाले तीर्थंकर परमात्मा का शुभागमन त्रिशला रानी की कुक्षी से हो गया था।

एकाएक सौधर्म स्वर्ग के सौधर्म इंद्र का सिंहासन कंपायमान हो उठा। प्रचंड प्रतापी शक्रेंद्र का किरीटधारी मस्तक झुक गया। पंक्तिबद्ध रूप से इंद्र समेत समस्त देवों के मुकुट नम्रीभूत हो गए।

सौधर्मेन्द्र ने देवी शची को कहा, ''शची, मर्त्य पृथ्वी ने इस क्षण अमरों के स्वर्ग को ललकारा है। अमरत्व ने मर्त्यों की पृथ्वी पर जन्म लिया है।''

देवी शची ने कहा, ''नाथ, मेरे आंचल में क्षीर समुद्र उमड़ रहा है।''

इंद्र देव ने फिर कहा, ''हे शची, सर्वत्र आनंद ही आनंद है। भरतक्षेत्र के आर्यखण्ड की वैशाली नगरी में त्रैलोकेश्वर तीर्थंकर का जन्म हुआ है। समस्त स्वर्गों के सारभूत ऐश्वर्य और सौंदर्य से श्रृंगार करो। हम पृथ्वी पर तीर्थंकर प्रभु का जन्मोत्सव मनाने जा रहे हैं।''

फिर शक्रेंद्र उठकर अपने प्रांगण के मानस्तंभ की ओर गए। एक विशाल रत्नकरण्डक वहाँ से उन्होंने उतारा। अनंतकाल से इसमें बाल तीर्थंकर के अविनश्वर वस्त्राभूषण संजोकर रखे हुए थे। उस करण्डक को अपने दोनों भुजाओं में समेट कर सौधर्मेन्द्र इन्द्राणी सहित ऐरावत हाथी पर सवार हुए।

हजारों देव देवांगनाएँ भी केशरिया आभा बिखेरते हुए राज प्रांगण में अविराम जय जयकार करने लगे। ''बधाई तीनों लोक में हुई, वे सब जीवों के प्राण आधार, बधाई तीनों लोक में हुई।''

वर्तमान बिहार प्रदेश के मुजफ्फर जिले के कुण्डपुर (वर्तमान वसुकुण्ड अथवा वासुकुण्ड) नगर में ई. स. पूर्व ५९९ में राजा सिद्धार्थ और महारानी त्रिशला के राजमहलों में भगवान महावीर का जन्म चैत्र शुक्ल त्रयोदशी (तारीख - ३० मार्च) के दिन हुआ था।

जन्मोत्सव

क्षत्रियकुण्डपुर के 'नंद्यावर्त प्रासाद' की छते और गुम्बद, कल्पवृक्षों के बरसते फूलों से छा गये थे। उसके गोपुर और तोरण गंधर्वों के संगीत से गूंज उठा था। महारानी त्रिशला के वातायन तले इंद्र के ऐरावत ने सूंड उठाकर किलकारी करते हुए प्रणाम किया। देवी शची ने लेटी हुई मानवी माँ के पास तीर्थंकर शिशु को देखा। पार्थिव माँ के इस वत्सल सौंदर्य को देखकर देवेश्वरी को स्वर्ग के सारे ऐश्वर्य और सुख भोग फीके लगने लगे। उन्होंने हल्के से एक महीन मोतियों का पंखा झलकर माँ त्रिशला को अवस्वापिनी निद्रा में सुला दिया। एक मायामय शिशु को चुपचाप त्रिशला के पास लिटा दिया और शिशु भगवान को अपने हीरक कंकणों से झिलमिलाती बाहों में उठा लिया। शिशु प्रभु को अपनी गोदी में लेकर इन्द्राणी चल पड़ी। इंद्र ने नतमाथ होकर 'जय त्रैलोक्येश्वर' उच्चारित करते हुए शिशु को अपनी बाहों में लिया।

पृथ्वी के छोर और स्वर्गों की तटवेदी के ठीक बीचोंबीच अवस्थित है, सुमेरु पर्वत। यह सृष्टि का अनादिकालीन अविचल पर्वत है। इसके कूटों पर शोभित शाश्वत उपवनों और सरोवरों में नित्य देव-देवांगना क्रीड़ा करने को आते रहते हैं। अपनी विशाल देव सृष्टि के साथ, बाहों में शिशु को लेकर इंद्र देव ने सुमेरु पर्वत के पाण्डुक वन में प्रवेश किया। वहाँ पवित्र, सुगन्धित, अर्ध चंद्राकार शीला पर इंद्र ने बड़ी ही मृदुता और सावधानी से शिशु प्रभु को बिराजमान किया। आसपास का तमाम अंतरिक्ष सहस्त्रों देव-देवांगनाओं और नर्तित अप्सराओं से व्याप्त हो गया था।

लोकान्तिक देव क्षीर समुद्र से एक हजार आठ कलश भर लाये थे। सौधर्मेन्द्र ने प्रथम विशाल रत्नाभ स्वर्ण कलश उठा कर बाल तीर्थंकर के मस्तक

पर अभिषेक की जलधारा बरसायी। किसलय से भी कोमल नन्हे से प्रभु और एक हजार आठ कलशों से अभिषेक? सौधर्मेन्द्र का मन शंका से भयभीत हो गया। उसके हाथ का अभिषेक करता कलश थरथराने लगा। जलधारा भंग होने लगी। शिशु तीर्थंकर इंद्र की शंका समझ कर मुस्कुरा दिये। अपने बायें पैर के अंगूठे से उन्होंने सहज लीला भाव से सुमेरु पर्वत को किंचित दबा दिया। सुमेरु के शिखर झुक गए, सारा पर्वत कंपायमान होकर समुद्र की तरह हिल्लोलित होने लगा। कालोदधि समुद्र तट की मर्यादा तोड़कर उछलने लगा। महाकालेश्वर ने अपना परिचय दिया। निःशंक होकर परम उल्लास से जयध्वनियाँ करते हुए सैंकड़ों देवों, इंद्रों और महेन्द्रों ने अनवरत जलधाराओं से भगवान का अभिषेक किया। अति मृदु सुरभित अंशुकों से शिशु भगवान का अंग-लुन्छन करके इंद्र ने अनादि रत्न करण्डकों में सुरक्षित वस्त्राभूषणों से उन्हें अलंकृत कर दिया।

लौट कर देवी इन्द्राणी ने विश्व-जननी त्रिशला को भगवान के स्नान गंधोदक की हल्की सी बौछार द्वारा अवस्वापिनी निद्रा से जगा दिया। प्रभु को माँ की बाहों में थमा दिया। माता-पुत्र को देख स्वर्ग की अधीश्वरी निछावर हो गई। तेज गति से भागती हुई दासी प्रियंवदा ने एक ही साँस में राजा सिद्धार्थ को सूचना दी, "राजन्, राजकुँवर का जन्म हुआ है। राजन्, आपको पुत्र जन्म की बधाई हो। जय हो।" ये सुनकर अति आनंदित महाराजा ने विपुल धन तथा आभूषण देकर उसे संतुष्ट किया। सेवकों को आदेश दिया, नगर में साज सज्जा की जाए। सेवक तो बस इसी आदेश का इंतजार कर रहे थे। उन्होंने सारे राजमार्ग, गलियाँ, दीवारें सब सजा दिये। नगर के मध्यवर्ती भाग में रंगमंच सजा दिया गया। नृत्यमंडली, गायनमंडली, सभी प्रकार की क्रीड़ा करनेवाले कलाकार, मनोरंजन, गीत, नृत्य में मस्त हो गए। सम्पूर्ण राज्य में हर्ष-उमंगों की फुहार बिखर गई।

बंदीगृह के कैदियों को मुक्त कर दिया, सरकारी कर माफ किये गये। सबके ऋणों का कर्जा चुकाने का सिरभार राजा ने लिया।

सौंदर्य की अद्भुत प्रतिमा

सकल विश्व की सर्व विशिष्टताओं का सर्वोत्तम केंद्र श्री तीर्थंकर परमात्मा है। तीर्थंकर अर्थात् त्रिभुवन श्रेष्ठ पुरुषोत्तम। विशेषण के जरिये उन्हें विशिष्ट बताया जाता है। भगवती सूत्र में कहा है - "भगवान का शरीर उदार, श्रृंगार रहित, अलंकार रहित होते हुए भी विभूषित, लक्षण, व्यंजन और गुण से युक्त था। अत्यंत शोभायमान था।"

उववाई सूत्र में प्रभु महावीर के व्यक्तित्व का सुन्दर उल्लेख प्राप्त होता है। उनकी आँखें पद्म कमल के समान विकसित थी। ललाट अर्ध चंद्र के समान दीप्तियुक्त था। वृषभ के समान मांसल स्कंध थे। भुजाएँ लम्बी थीं। शरीर के हर अवयव में गोलाई और सुडौलता थी। अंगों में स्निग्ध कोमल आभा के भँवर पड़ते थे। प्रज्वलित निर्धूम अग्नि की शिखा के समान दिखती देहाकृति सुन्दर थी, जिसे देखते ही मन मंत्रमुग्ध हो जाता था। उन्हें देखने के लिए आँखें बार बार लालायित होती थी। उनके दर्शन के साथ ही मन में भव्यता व प्रियता का भाव जाग पड़ता था। उनका शरीर-संगठन, आकार अत्युत्तम था। उनके शरीर की प्रभा निर्मल स्वर्ण रेखा की तरह थी। वे एक हजार आठ उत्तम लक्षणों से युक्त थे।

उत्तम पुरुष तीर्थंकरों की जन्म से कई विशिष्टताएँ होती हैं। उनके श्वासोच्छ्वास में कमल पुष्प की सुरभी होती है। उनका कांतिमय शरीर सदैव प्रस्वेद रहित होता है, मतलब कि उन्हें कभी पसीना नहीं होता। उनके केश, नख, रोम उतने ही बढ़ते हैं, जितना शरीर को सुशोभित करता है। श्री तीर्थंकर देव के अलावा किसी में भी उक्त विशेषतायें नहीं होती है। भगवान के देह की अद्वितीय कांति का मूल कारण, पिछले भवों की उनकी सर्वोत्तम चारित्रपूर्ण आराधना और भावदया है। महापुरुष के लक्षण अलग होते हैं, जो जन्म से ही प्रकट होने लगते हैं। महावीर के व्यक्तित्व में ऐसा कुछ छिपा था जिससे उनके बाह्य दर्शन से व्यक्ति आनंदित हो जाता था। उनका चेहरा चाँद की तरह चमकता था।

भगवान महावीर का गर्भ में जब से अवतरण हुआ था, प्रकृति ने नवीन स्वरुप धारण कर के अपनी सम्पूर्ण सुंदरता प्रकट की हुई थी। राजा सिद्धार्थ के पास आये दिन सब दिशाओं से केवल सुखद समाचार आ रहे थे। खेत-खलिहानों में प्रचुर मात्रा में अन्न उग आया था। भरपूर फलों से पेड़ लदे हुए थे। गौएँ प्रचुर मात्रा में दूध दे रही थी। भण्डार धन, सुवर्ण, रजत आदि से समृद्ध था।

नामकरण संस्कार

अनुपम रूप गुण संपन्न श्री महावीर प्रभु का जन्म महोत्सव मनाने स्वर्ग के सारे देव-देवियाँ मानव लोक में आये। प्रभु को मेरु शिखर पर ले गये। वहाँ सब ने मिलकर बड़े हर्षोल्लास और भक्ति से जन्माभिषेक महोत्सव मनाया। ऐसा करते हुए उन्हें जो अपूर्व आनंद प्राप्त हुआ उसके सामने स्वर्ग का समस्त ऐश्वर्य, सुख उन्हें तुच्छ लगने लगा।

राजा सिद्धार्थ एवं रानी त्रिशला तेइसवें तीर्थंकर भगवान पार्श्वनाथ के अनुयायी श्रावक-श्राविका थे। अतः उन्होंने कई धर्म उत्सव बड़े भाव से मनाएँ। बारहवें दिवस का सूर्योदय हुआ। आमंत्रित इष्ट मित्र, स्वजन, स्नेही भृत्यों का भोजन, वस्त्र, अलंकारों से स्वागत सत्कार हुआ। उसी क्षण देवों, इंद्रों तथा अपने परिजनों और पार्षदों के साथ महाराज सिद्धार्थ प्रसूति-कक्ष के द्वार पर उपस्थित हुए। हर्ष गद्गद् कण्ठ से राजा बोले, ''अमर और मर्त्य साक्षी है, इस बालक के गर्भावतरण के साथ ही हमारी वैशाली का वैभव, दिन-दूना और रात चौगुना वर्धमान होता गया है। सम्पूर्ण राज्य में, परिवार में खुशहाली और हर प्रकार की समृद्धि की वृद्धि निरंतर होती जा रही है। राजमहल और समस्त प्रजा श्री सम्पदा से अलंकृत हो गये हैं। अतः हम इस बालक का गुणनिष्पन्न नाम वर्धमान रखते है। इसी से हम घोषित करते है कि, यह बालक 'वर्धमान' के नाम से पुकारा जाये।''

उपस्थित सभी लोगों ने हर्ष ध्वनि से महाराजा सिद्धार्थ की बात को प्रतिसाद दिया। 'कुँवर वर्धमान की जय' के जयनारों से दिग्दिशान्त गुंजित हो उठा। बाल वर्धमान की जयकारों से समस्त लोकाकाश गुंजायमान हो उठा। तत्पश्चात् सिद्धार्थ राजा ने क्षत्रियकुंडपुर में विधिवत् जन्मोत्सव किया, नामकरण संस्कार किया, खूब बधाइयाँ बाँटी।

अध्याय २

वर्धमान की बाल्यावस्था

•

वर्धमान की बाल लीलाएँ

•

वर्धमान से महावीर

•

करुणाशील बालक वर्धमान

•

पीड़ित पशुओं की सेवा में वर्धमान

•

मातृ-वात्सल्य और भीषण प्रतिज्ञा

•

प्रायोगिक ज्ञानशाला एवं शिक्षा

वर्धमान की बाल लीलाएँ

राजा सिद्धार्थ और रानी त्रिशला की ममता और लाड-प्यार से शिशु वर्धमान दिन प्रतिदिन बड़ा हो रहा था। उसकी बाल लीलाएँ सबका मन लुभाती थीं। एक दिन हठीला बालक वर्धमान शेर के लिए मचल उठा। जिस दिन उसका हठ पूरा नहीं होता, उस दिन वह राजमहल में कहीं छिप जाता था, या आसपास कहीं भाग जाता था। उसे ढूंढ़ते ढूंढ़ते दास-दासियों के नाक में दम आ जाता था। एक दिन ऐसे ही कहीं वह रूठकर बैठा था। जब रूठने का कारण पूछा तो उसने कहा, ''माँ से कह दो मुझे सिंह चाहिए। तभी मैं उनके पास जाऊंगा।'' जब माता त्रिशला सिंह का खिलौना लेकर आई, तब जाके बालक वर्धमान खिलौना अपने हाथो में लेकर माँ की गोद में लिपट गया। कई बार वर्धमान के नटखटपन से माता-पिता घबरा उठते थे, परन्तु बालक की उछलकूद एवं मस्ती भरी खिलखिलाहट हँसी के कारण उनके हृदय आनंद, प्रेम से भर जाते थे। नटखट वर्धमान के नटखटपन को भड़काने के लिए कई बार दास-दासियाँ उसे चिढ़ाती, जिससे वह खीज उठता था।

एक दिन एक दासी ने उसे हाथी का खिलौना दिखाते हुए कहा, ''कुमार, तुम्हारा सिंह तो नकटा है। उसकी नाक इस हाथी के नाक जैसी सुन्दर नहीं है।'' वर्धमान बालक ही तो ठहरा। तुरन्त दौड़ कर माता के पास आया और कहने लगा, ''मुझे ऐसा नकटा सिंह नहीं चाहिए। इसकी नाक हाथी जैसी कहा है?'' माँ बोली, ''बेटा, सिंह की तो ऐसी ही नाक होती है।'' माँ ने बहुत समझाया। परन्तु उससे बालक का समाधान नहीं हुआ। बस, एक ही धुन सवार हुई कि सिंह लूँगा तो हाथी जैसी नाकवाला ही लूँगा। वर्धमान न खाता, न पीता और न नींद लेता। पिताजी ने भी बहुत समझाया, पर वर्धमान ने अपना हठ नहीं छोड़ा।

आखिर तंग आकर पिता धमकाने लगे। मारने को भी उद्यत हुए। वर्धमान और ज्यादा मचल पड़ा। खाये-पिये तीन दिन हो गए थे। घर के सभी लोग चिंतित हो गए। अंत में राजा सिद्धार्थ ने अपने बुद्धिमान मंत्री सुमंगल को बुलाकर इस समस्या को हल करने तथा बालक को किसी तरह समझाबुझाकर शांत करने को कहा। मंत्री ने सारी बात जान कर माता-पिता से कहा, ''मैं इस बालक को क्या समझाऊँ? समझना तो आपको है। जब आपने देख लिया की बालक के दिल-दिमाग में ऐसे सिंह को लेने की भावना जागी है और वह उस पर दृढ़ है, तो अपने कारीगर से ऐसा खिलौना बनवाने की बात अब तक आपको क्यों नहीं सूझी? बालक की भावना को न समझकर उल्टे आप उसे डांट रहे हैं। यह जैसा सिंह चाहता है वैसा शिल्पकार से बनवाके लाओ।''

फिर मंत्रीजी ने बालक वर्धमान को अपने पास बुलाकर प्यार से कहा, ''वत्स, पहले तुम कुछ खा-पी लो। इतने में मैं बड़ी नाकवाला सिंह लेकर आता हूँ।'' वर्धमान ये आश्वासन पाकर शांत हो गया। माँ त्रिशला के हाथों उसने खाना खाया। यह देखकर उसके माता-पिता हैरान हो गए। अरे, नाहक ही बच्चे को तीन दिन भूखा रहना पड़ा, ऐसे पश्चात्ताप करने लगे।

कुछ ही देर में मंत्रीजी बड़ी नाकवाला सिंह का खिलौना लेकर आये। खिलौना वर्धमान को देते हुए उन्होंने कहा, ''लो, अब तो तुम्हें मनचाहा खिलौना मिल गया ना? अब खूब खेलो इसके साथ।'' हाथी जैसी बड़ी नाकवाला सिंह देखकर वर्धमान खुश हो गया। अपना खिलौना सबको दिखाने दौड़ता चला गया। उसको चिढ़ानेवाली दासी को खिलौना दिखाकर वर्धमान ने कहा, ''देखो, अब तो मेरा सिंह नकटा नहीं है ना?'' उस दासीने वर्धमान के दृढ़ संकल्प की सराहना की। मनचाहा खिलौना मिलने से ज्यादा वर्धमान को आज अपना संकल्प पूरा होने का आनंद अधिक था।

वर्धमान की बाल लीलाएँ कभी कभी बड़ी असामान्य रहती थी। ऐसे ही एक दिन वर्धमान अपने हमजोली बालकों के साथ घोड़े का खेल खेल रहा था। सभी बालक एक लकड़ी को घोडा मान कर उसपर सवार हो गए। वर्धमान को जब कोई लकड़ी नजर नहीं आयी, तो वह लकड़ी ढूंढ़ने निकल पड़ा। पास में लकड़ी नहीं मिली तो वह सीधा न्यायालय में पहुँच गया और वहाँ खड़ा किया गया रत्नजड़ित राजदंड उठाकर ले आया। उसीको घोड़ा बनाकर उसपर सवार होके खेलने चला गया।

इधर न्यायालय में जब सोने-चांदी से मढ़ा रत्नजड़ित राजदंड नहीं मिला तो उसे ढूंढ़ने दौड़भाग शुरू हो गई। बहुत देर ढूंढ़ने के बाद भी राजदंड का कुछ पता न चला तो राजा सिद्धार्थ और मंत्रीगण चिंतित हो गए।

थोड़ी देर बाद चेहरे पर उदासी लेके वर्धमान घर वापस आ गया। उसने माँ त्रिशला को अपनी टूटी हुई लकड़ी अर्थात् राजदंड दिखाकर कहा, ''मैया, आज घोड़ा कुदाते-कुदाते मेरी लकड़ी टूट गयी है। पिताजी से कहकर मुझे ऐसी ही लकड़ी मंगवा दो।'' टूटा हुआ राजदंड देखकर माता त्रिशला स्तब्ध हो गई। थोड़ीसी घबराहट और आश्चर्य के साथ वह अपने पुत्र के शौर्य से आनंदित भी हो गई थी। उन्होंने ये बात राजा सिद्धार्थ को सुनाई। डेढ़ मन वजन का राजदंड बालक वर्धमान ने सिर्फ उठाया ही नहीं तो तोड़कर दिखाया था। अपने पुत्र का प्रबल पराक्रम सुनकर राजा सिद्धार्थ हर्ष से पुलकित हो उठे। उन्होंने अपने पुत्र को प्यार से गोदी में उठा लिया और उसकी तुतलाती बोली में सारी बात सुनने लगे।

वर्धमान से महावीर

शरद् ऋतु की एक सुहावनी दुपहरी में, गाँव, नगर के लड़कों का दल बांधकर कुमार वर्धमान वनप्रदेश में खेलने को निकल पड़ा। एक विशाल, पुरातन वट वृक्ष पर सब बच्चे खेलने लगे। इतने में अचानक एक लड़का 'साँप, साँप' ऐसे चिल्लाया। पल मात्र में कोलाहल खामोश हो गया। अपनी अपनी जगह पर सब बच्चे भयभीत होकर खड़े हो गए। सबने देखा - एक भयंकर भुजंग वट वृक्ष के मूल में सैंकड़ों फन उठाये फुंफकार रहा है। भय के मारे सब बच्चे वहाँसे भाग के दूर जाके खड़े हो गए। वर्धमान को मानो कुछ लगा ही नहीं। कुमार तो आनंद में मग्न खेल रहा था। उसे तो सदा कुछ असाधारण देखने, जानने और करने की चाह लगी रहती थी। उसने जब साँप को देखा तो उसे लगा, कैसा सुन्दर और भव्य है यह सर्प। इसके गहरे, हरे, चमकते शरीर में जैसे सारा अरण्य चित्रित हो गया है। इसकी सरसराहट में नदी की लहरें है। उससे खेलने की इच्छा कुमार को हुई। उसने पुकारा, "ओ नागराज, तुम्हारे फण मुझे बहुत भा गये हैं। मुझे बैठाओ न उन पर, मैं तुम्हें कष्ट नहीं होने दूंगा।" कुमार की बात सुनकर फणिधर अपने मणियों से जगमगाते सहस्त्रों फणों को तानकर मस्ती से डोलने लगा।

कुमार वर्धमान अपनी जगह से कूद कर भुजंग के फणों पर यों आ खड़ा हुआ जैसे माँ की गोद में आ बैठा हो। अपने आप को कुमार ने फूल से भी कोमल बना लिया था। परन्तु नागराज को ऐसा लगा कि जैसे सुमेरु पर्वत के भार तले उनके फण कुचले जा रहे हैं। लेकिन नागराज को यह पीड़ा भी बहुत प्रिय और मधुर लगी। इतना कि उसने अपने आप को समूचा कुचल जाने दिया।

दूर परे खड़े कुमार के साथी बच्चों ने देखा तो वहाँ सर्प था ही नहीं। एक अति सुन्दर देव, कुमार को गोदी में लिये बैठा था। देव ने कुमार को वंदन किया और बोला, "मेरा देवत्व हारा। हे मानव पुत्र, तुम जीत गए। मैं संगम देव, अपने देवत्व का अभिमान लेकर तुम्हारी परीक्षा करने आया था। हे मानवेन्द्र, मैं धन्य हो गया। तुम कौन हो ये मैंने पहचान लिया है - तुम वीरों के वीर महावीर हो नाथ। जय महावीर!" इसी प्रकार पृथ्वी के कण कण में, पर्वतों, समुद्रों, हवाओं, अंतरिक्षों में यह नाम आलेखित हो गया।

बाल भगवान के धैर्य और निर्भयता की परीक्षा के लिये आए हुए नागरूपधारी देवता का भगवान् वर्धमान द्वारा दूर प्रक्षेप

• **तिन्दूषक क्रीड़ा**

वर्धमान के पराक्रम पर देव को अभी भी पूरा विश्वास नहीं था। उन्होंने कुमार की और परीक्षा ली।

वर्धमान की बालमण्डली तिन्दूषक खेल रही थी। इस खेल में किसी वृक्ष को लक्ष्य में रखकर सभी बालक दौड़ते है। जो वृक्ष को प्रथम छू लेता, वह विजयी बालक सभी हारनेवालों के कन्धों पर बैठता है। वर्धमान की परीक्षा लेनेवाला ये मायावी देव वर्धमान की बालमण्डली के साथ खेलने लगा। वह जानबूझ कर हार गया। खेल की एक पारी में वर्धमान विजयी हुए। वे पराजित की पीठ पर चढ़ कर लौट ही रहे थे की मार्ग में उस मायावी देव ने अपनी देह को भीमाकार बना दिया। वह आकाश में ऊपर ही ऊपर बढ़ता चला गया। वर्धमान भी असाधारण बालक था। वह तनिक भी व्याकुल नहीं हुए। परिस्थिति की गंभीरता ने उनमें अतिरिक्त शक्ति का संचार कर दिया और उन्होंने मुष्टिप्रहार किया। यह प्रहार इतना शक्तिशाली था की मायावी देव पुनः संकुचित होने लगा और वर्धमान धरती पर आ गये। मायावी देव ने अपना मूल रूप धारण किया और कुमार से क्षमा माँगते हुए कहा, ''इंद्र के द्वारा देवलोक में आपकी वीरता की तारीफ को मैं सच्चा मानता हूँ। आप तो उससे अधिक महान वीर हो।''

• **हाथी को वश किया।**

ये घटना दिगम्बर जैन ग्रंथों में उपलब्ध है। जब प्रभु भर यौवन में थे तब की ये घटना है। एक हाथी मदमस्त होकर राज्यभर में आतंक मचा रहा था। जनता में भगदड़ मच गई थी। हाथी किसी भी महावत के काबू में नहीं आ रहा था। सभी मंत्रीगण चिंताक्रांत हो गए थे।

तभी वर्धमान महावीर उसी रास्ते पर जा रहे थे। हाथी ने सामने वर्धमान को देखा और देखते ही वह अपने आप शांत हो गया। वर्धमान ने हाथी के पास आकर प्यार से उसपर हाथ फिराया और उसे महावत को सुपुर्द कर दिया।

करुणाशील बालक वर्धमान

बालक वर्धमान जैसा साहसी वीर था, वैसा ही करुणाशील भी था। किसी भी मनुष्य या प्राणी को संकट या कष्ट में देखकर वह सहायता करने दौड़ पड़ता था। पद-प्रतिष्ठा आदि सामाजिक बंधन या जातपाँत, कुलपरम्परा इत्यादि बंधन उनके रास्ते में कभी बाधा नहीं बने।

एक समय की बात है जब वर्धमान के राजमहल में बहुत से मेहमान आये हुए थे। दास-दासियों का काम और बढ़ गया था। रोहिणी नाम की एक दासी को एक जरुरी काम से जल्दी घर जाना था। इसलिए उसने दूसरी दासियों से अपने जिम्मे का काम निपटा देने के लिए निवेदन किया। मगर दूसरी दासियाँ झल्लाकर उसे जली-कटी सुनाने लगी, 'हमारा अपना काम ही अभी पूरा नहीं हो पा रहा है, तो तुम्हारा काम कैसे निपटे? तुम्हें खुद ही अपने जिम्मे का काम निपटाकर जाना पड़ेगा।' घर जाने की जल्दी, काम का बोझ और ऊपर से यह झिड़की सुनकर रोहिणी के आँखों में आँसू आ गये। आँखों मे आँसू बहाती हुई वह बर्तन माँज रही थी। बालक वर्धमान ने रोहिणी को सिसकियाँ भरते हुए देखा तो वह करुणार्द्र होकर एकदम दौड़ कर उसके पास पहुँचा। रोहिणी से अपनी तुतलाती बोली में कहा, "बुआ, रोती क्यों हो? क्या आज काम करते करते थक गई हो? लो, मैं तुम्हारे काम में हाथ बँटाता हूँ। मुझे भी बर्तन माँजना आता है।"

वैभव में पले हुए इस भोले भाले बालक की मिश्री सी मीठी बोली सुनकर रोहिणी तो हर्ष विभोर हो गई। उसका विषाद एकदम काफूर हो गया। उसका मन वर्धमान की सहानुभूतिपूर्ण वाणी से नाच उठा। उसने वर्धमान को अपनी गोदी में उठाया और प्यार से उसके सर पर हाथ फिराते हुए कहा, "वत्स, तेरी बोली में इतनी मिठास है की मेरी सारी थकान दूर हो गई। ऐसा लगता है कि तेरी मधुर बोली हमेशा सुनती रहूँ। तुम मेरे लिये कष्ट नहीं उठाना, बर्तन मांजने के लिये मैं ही काफ़ी हूँ।" ये कहकर रोहिणी ने अपने आँचल से वर्धमान के हाथ साफ़ कर दिये। वर्धमान बार बार उसके काम में हाथ बँटाता रहा और वह उसे रोकती गई। वर्धमान का सुन्दर मुख देखके, उसका वात्सल्यमय स्पर्श अनुभव करके और उसकी तुतलाती बोली सुनके रोहिणी इतनी भाव विभोर हो गई कि वह अपने दिल में जमे हुए विषाद और कटुता को बिलकुल भूल गयी।

ऐसा था बालक वर्धमान। जिसने अनेकों के विषादमय रेगिस्तान में स्नेह, सुख और आनंद की मधुर सरिता बहा दी थी।

पीड़ित पशुओं की सेवा में वर्धमान

माता त्रिशला के द्वारा सींचे हुए स्नेह, करुणा और सेवा के बीज बालक वर्धमान में अंकुरित हो उठे थे। इसी कारण जब भी वह किसी मनुष्य या पशु-पक्षी या अन्य जीवों को पीड़ित देखता था तो उनके कष्ट दूर करने का पूरा प्रयास करता

था। कभी किसी पशु-पक्षी को घायल देखता तो उनकी सेवा में जुट जाता था।

एक दिन नगर के बाहर पड़े हुए घोड़े को वर्धमान ने देखा। घोड़े की पीठ पर घाव हो गया था। घाव से इतनी बदबू निकल रही थी, कि नाक बंद किये बिना वहाँ से गुजरना भी मुश्किल था। घाव में कीड़े पड़े थे। वह जहाँ भी बैठता, लोग उसे वहाँ से खदेड़ देते थे। ऐसी असहाय हालत में कोई उसे न तो चारा दाना डालता, और न पानी पिलाता था। उस मूक प्राणी को ऐसी दयनीय दशा में देखकर वर्धमान का हृदय करुणार्द्र हो गया। आँखें गीली हो गई। वर्धमान ने उसे अपने हाथों का सहारा देकर उठाया और धीरे धीरे उसे चलाकर अपने घर ले आया। अपने नन्हें हाथों से उसका घाव धोया, उस पर जड़ी-बूटी लगाकर पट्टी बाँधी। घोड़े को खिलाया, पिलाया। इसमें माता त्रिशला ने भी वर्धमान की सहायता की। वर्धमान द्वारा की गई सेवा के कारण वह मरियल घोड़ा कुछ ही दिनों में बिलकुल स्वस्थ हो गया। धीरे धीरे वह घोड़ा इतना हृष्ट-पुष्ट और सुडौल हो गया, कि वर्धमान जब कभी उस पर बैठ कर जाता तो लोग उस पशुरत्न और मानवरत्न को देखते ही रह जाते। घोड़ा भी कुमार की सेवा से अत्यंत वफादार और कृतज्ञ बन गया।

जब कोई पीड़ित पशु या पक्षी चंगा भला हो जाता तो वर्धमान ख़ुशी के मारे उछल पड़ता। धीरे धीरे ऐसे कई पशु-पक्षी वर्धमान के यहाँ इकट्ठे हो गये कि मानो वहाँ एक प्राणी संग्रहालय हो। यह वर्धमान की सेवा और करुणा का ही परिणाम था।

मातृ-वात्सल्य और भीषण प्रतिज्ञा

महारानी त्रिशला और महाराजा सिद्धार्थ जैन धर्म के तेइसवें तीर्थंकर प्रभु पार्श्वनाथ के अनुयायी श्रावक-श्राविका थे। वे साधु संतों की सेवा में तत्पर रहते थे। घर पर साधु-संत आते तो भावुक वर्धमान उन्हें अपने हाथों से भिक्षा देने को उद्यत होते थे।

एक दिन घर पर एक बड़े संत पधारे। राजा सिद्धार्थ के राजमहल के विशाल चौक में उनकी प्रवचन सभा का आयोजन किया हुआ था। बालक वर्धमान को पता लगा तो झाड़ू लेकर वह अपने हमजोली बालकों के साथ महल के विशाल प्रांगण को साफ़ करने में जुट गया। आज उसे अपने हाथों से जीवजंतुओं की रक्षा करते हुए सफाई करने और कचरा, कंकड़ आदि इकट्ठे करके दूर फैंकने में बड़ा आनंद आ रहा था। सफाई करने के बाद सब बालकों ने वहाँ श्रोताओं को बैठने के लिए दरियाँ बिछा दी।

संत पधारे। उन्होंने धर्मभावना को प्रोत्साहित करनेवाला रोचक प्रवचन दिया। सभी श्रोता प्रवचन के बाद चल दिये, तब राजा सिद्धार्थ और रानी त्रिशला ने अपने परिवार का परिचय देते हुए बालक वर्धमान में सहज प्रस्फुटित उत्साह, साहस, वीरता, करुणा और सेवाभाव आदि गुणों की प्रशंसा की। संत भी टकटकी लगाकर वर्धमान की ओर देखते रहे। फिर अंतर में डूब कर भविष्यवाणी सी करते हुए बोले, ''राजन्, तुम्हारा यह लड़का भोगी नहीं बनेगा। मैं इसकी चमकभरी आँखों में एक महायोगी के दर्शन कर रहा हूँ। जब यह धर्मतीर्थ की स्थापना करेगा, तब तक मैं संभव है, इस संसार से विदा हो चुकूँगा।'' ऐसा कहकर उस महासंत ने बालक वर्धमान के सिर पर हाथ रखकर आशीर्वाद दिया। इसके बाद संत दूसरे नगर की ओर चल पड़े। यहाँ माता त्रिशला भविष्यदृष्टा संत की बात सुनके अस्वस्थ हो गयी। उनको वह बात सुनकर ऐसा धक्का लगा कि वह अपनी शैय्या पर लेटी लेटी सिसकियाँ भरती हुई, मन ही मन कई तरह के विचार करने लगी। माता के कमरे से रोने की आवाज सुनकर वर्धमान तेजी से वहाँ पहुँचा। अपनी माता की हालत देखकर उसे बड़ा दुःख हुआ। उसने माँ से पूछा, ''माँ, आज आप इतनी दुःखी क्यों हो? क्या आपकी तबियत ठीक नहीं है? आपकी चिंता मुझे बताओ। मैं उसे मिटाने का प्रयत्न करूँगा।''

माता अपने लाल को आंचल में लपेटते हुए बोली, ''बेटा, क्या तूं अपनी माँ को छोड़कर भाग जायेगा? मैंने अपने मन में कितनी आशाएँ संजो रखी थीं। पर आज तो उसपर पाला पड़ गया। वर्धमान ने पूछा, ''माताजी, किसने कहा कि मैं आपको छोड़कर भाग जाऊँगा?'' माँ कहने लगी, ''क्या संत ने नहीं कहा था कि तूं भोगी नहीं, महायोगी बनेगा? और योगी कहीं घर में रहता देखा हैं, सुना हैं? मेरे लाल, क्या तू अरण्यवास करेगा और मैं यहाँ राजमहल में पड़ी तड़पती रहूँगी? तू वहाँ गर्मी और बारिश के दिनों में निराश्रित होकर अरण्य में फिरता रहेगा, ये मैं कैसे सह सकूँगी? प्रभो, इससे तो अच्छा है कि मैं वह दिन देखने के लिए जिन्दा ही न रहूँ।''

माता की ऐसी करुण दशा देखकर वर्धमान भी रोने लगा। माता का अतीव वात्सल्य देख के वर्धमान को अन्तःप्रेरणा हुई, जिससे मन ही मन उन्होंने भीष्मप्रतिज्ञा की - महासंत का कथन चाहे यथार्थ हो, लेकिन माता-पिता जब तक विद्यमान रहेंगे, तब तक मैं गृहत्याग नहीं करूँगा। फिर हँसकर वर्धमान अपनी माँ से कहने लगा, माँ, मुझ पर विश्वास करो। मैं अंतरात्मा की साक्षी से कहता हूँ कि, आपको छोड़कर कहीं नहीं जाऊँगा। आपकी सेवा में सदा हाज़िर रहूँगा। आपकी

सेवा ही मेरा प्रथम व्रत, प्रथम धर्म और प्रारंभिक साधना है। वह कृतघ्न है, जो माँ-बाप को ठुकराकर चला जाता है। आपकी प्रसन्नता ही मेरी प्रसन्नता है। पुत्र के आश्वासन भरे वचन सुनकर माता आशंका मुक्त हो गई। उसे यह विश्वास हो गया कि अब मेरे रहते मेरा लाल मुझे छोड़ कर नहीं जायेगा।

प्रायोगिक ज्ञानशाला एवं शिक्षा

भगवान महावीर का जीव तीर्थंकर गोत्र के उपार्जन करने के कारण जन्म से ही तीन ज्ञान का धारक था। महावीर को अपने पूर्वभवों का ज्ञान था। साधारण मनुष्य से उनकी कांति और बुद्धि निराली थी। यही निराले ढ़ंग ने उनको असामान्य, महान बनाया था। भगवान महावीर का प्रारंभिक जीवन शोध पूर्ण था। वे हर घटना को अनेकों दृष्टिकोणों से परखते थे।

युवराज वर्धमान को सुयोग्य बनाने और उनके व्यक्तित्व को बहुमुखी रूप में विकसित करने का दायित्व अभिभावकों ने भली भांति निभाया। उपयुक्त आठ वर्ष की आयु ग्रहण कर लेने पर वर्धमान को कलाचार्यजी के गुरुकुल में शिक्षार्थ भेजा गया था। वर्धमान के पिता राजा सिद्धार्थ ने उपाध्याय का सम्मान वस्त्र, अलंकार, नारियल से किया। पाठशाला के सभी बच्चों को सामूहिक भोज दिया। फिर तीन ज्ञान के धारक प्रभु वर्धमान को पाठशाला में छोड़ आये। इस घटना को देख कर उधर, स्वर्ग में, इंद्र को चिंता होने लगी। उसने वर्धमान की परीक्षा लेने की सोची। जब उपाध्यायजी तन्मय होकर बच्चों को शिक्षा दे रहे थे, उसी समय इंद्र ने ब्राह्मण का रूप बनाकर पाठशाला में प्रवेश किया। उपाध्यायजी का पढ़ाने का काम होते ही इंद्र ने उनसे कहा, ''कृपया आप व्याकरण सम्बन्धी मेरे कुछ प्रश्नों का समाधान कर देंगे तो मैं आपका ऋणी रहूँगा।'' ब्राह्मण वेषधारी इंद्र के प्रश्न बड़े गूढ़ और जटिल थे। कलाचार्य को उनके उत्तर आसानी से नहीं सूझ रहे थे। इस वजह से वे तनिक विचलित हो गए थे। तभी वर्धमान ने उपाध्यायजी की अनुमति लेकर अत्यंत विनम्रता से एक एक कर उस ब्राह्मण के सभी प्रश्नों का सम्यक् समाधान प्रस्तुत कर दिया। वर्धमान की इस ज्ञान गरिमा से स्वयं कलाचार्य जी प्रभावित हो गए। उन्होंने वर्धमान से कहा, ''तूं तो जन्मजात ज्ञानी है। तुम्हें पढ़ाना हमारे बस की बात नहीं।'' ब्राह्मण वेषधारी इंद्र ने कहा, ''यह बालक असामान्य प्रतिभा और ज्ञान का स्वामी है। यह साधारण शिक्षा का क्रम इसे अपेक्षित नहीं है।'' इस प्रकार गुरुकुल के पहले ही दिन वर्धमान को पुनः राजा सिद्धार्थ के पास भेज दिया गया।

ज्ञानी, गंभीर वर्धमानकुमार का ज्ञानशाला मे आगमन। विद्यागुरु के समक्ष ब्राह्मणरूपधारी इन्द्र द्वारा भगवान की ज्ञानज्योति का प्रकाशन।

ऐसे अनेक प्रसंग वर्धमान के बाल्य जीवन में आते रहे, जो उनमें छिपे भावी महावीर के विराट व्यक्तित्व के बीज रूप के परिचायक थे। महावीर स्वामी की म हानता वस्तुतः क्रमिक विकास का परिणाम थी। और यह क्रम वर्धमान के प्रारंभिक जीवन से ही स्पष्ट होता जा रहा था। उनका प्रत्येक कार्य विशिष्ट, असामान्य हुआ करता था। राजा सिद्धार्थ और रानी त्रिशला वर्धमान की बुद्धि से बहुत प्रसन्न थे।

◈

अध्याय ३

युवावस्था के महावीर

•

युवावस्था का प्रथम चरण

•

गृहवास का समय

•

समाज का सिंहावलोकन

•

विरक्तिमय दो वर्ष

•

महाभिनिष्क्रमण

युवावस्था का प्रथम चरण

विनम्रता, सौम्यता, ज्ञानसंपन्नता, सद्‍गुणपरायणता, साहस, धैर्य, प्रतिभाशाली ऐसे कई गुणों से सम्पन्न था वर्धमान का व्यक्तित्व। बड़े भाई नंदिवर्धन और बहन सुदर्शना का उनपर अथाह प्रेम था। देखते ही देखते वर्धमान बीस वर्ष के हो गए।

श्वेताम्बर ग्रंथों के अनुसार महावीर ने अपनी माता-पिता की आज्ञा शिरोधार्य करते हुए पाणिग्रहण किया था। कलिंग नरेश समरसेन की सुयोग्य पुत्री कोण्डिन्य गोत्रीय यशोदा के साथ उनका विवाह हुआ था। सांसारिक दृष्टि से राजा समरसेन प्रभु महावीर के फुफा थे। आचारांग, कल्पसूत्र आदि में परिजनों का कुछ विशेष वर्णन नहीं आता। महावीर के विवाह के सन्दर्भ में विविध ग्रंथों में भिन्न विचारधाराएँ मिलती हैं।

समवायांग सूत्र के अनुसार वासुपूज्य (१२ वें), मल्लि (१९ वें), नेमि (२२ वें) पार्श्व (२३ वें) और महावीर (२४ वें) ने कुमारावस्था में दीक्षा ली ऐसा वर्णन प्राप्त होता है। आचारांग और कल्पसूत्र में भगवान महावीर की पत्नी यशोदा का स्पष्ट उल्लेख मिलता है। दिगंबर परंपरा कुमार का अर्थ 'कुँआरा' करती है और प्रभु को ब्रह्मचारी मानती है। किन्तु श्वेताम्बर परंपरा में 'कुमार' का अर्थ है, कुमारावस्था में जिन्होंने राज्य शासन नहीं किया और दीक्षाग्रहण कर ली। वैसे भी तीर्थंकरत्व के रास्ते में विवाह कोई रूकावट नहीं है। अधिकतम तीर्थंकरों ने विवाह के बाद दीक्षा ली। परन्तु दिगंबर जैन भगवान पार्श्वनाथ और भगवान महावीर को अविवाहित मानते हैं। ऐसा भी संभव है कि २८ वें वर्ष से पहले वर्धमान की पत्नी यशोदा का स्वर्गवास हो गया होगा। अन्यथा आचार्य कहीं न कहीं उनका वर्णन करते। अतः यशोदा का जीवन बीते कल की बात बन गया। यशोदा के साथ ही अन्य बहुत कन्याओं के साथ महावीर के विवाह का उल्लेख आचार्य शीलांक ने किया है।

राजा सिद्धार्थ और रानी त्रिशला की तरह भगवान महावीर के चाचा सुपार्श्व भी प्रभु पार्श्वनाथ की परंपरा के श्रमणोपासक थे। महावीर के सारे रिश्तेदार प्राचीन निर्ग्रन्थ परंपरा के भक्त थे। अतः उनका पारिवारिक वातावरण पवित्र एवं सात्विक था। बड़े भाई नंदिवर्धन महावीर को राज काज की बातों में सक्रिय बनाने की कोशिश करते थे। बड़े भाई की बात टालना उचित नहीं, ऐसे भाव से महावीर भी कभी कभी राज्यसभा में जाते थे। लेकिन उनका मन वहाँ नहीं लगा।

जैन धर्म के तीर्थंकर

७. भगवान सुपार्श्व नाथ

८. भगवान चन्द्रप्रभ

९. भगवान सुविधि नाथ जी

१०. भगवान शीतल नाथ

११. भगवान श्रेयांस नाथ

१२. भगवान श्री वासुपूज्य जी

गृहवास का समय

भगवान महावीर क्षत्रिय राजकुमार थे। भावी तीर्थंकर थे। तीर्थंकरों को जन्म से ही तीन ज्ञान प्राप्त होते हैं। अतः उन्हें अपने भविष्य में होनेवाली घटनाओं का पूर्ण ज्ञान था। महावीर ने परिवार में रहकर संसार को करीब से देखा, परखा, तभी वह महान बने। महल का समग्र सामाजिक वातावरण महावीर के लिए मानसिक चिंतन का क्षेत्र था। उन्होंने अनुभव किया कि क्षत्रिय सत्य और न्याय के लिए नहीं हैं, अपितु स्वार्थपूर्ति के लिए युद्धोत्साहित हैं। भूमि, स्त्री ऐसे उसके क्षुद्र स्वार्थ हैं। वे युद्धभूमि में वीरगति प्राप्त करने को इसलिए चुनते है, कि इससे मरणोपरान्त स्वर्गलाभ होगा। और यदि विजयी रहे तो शत्रुओं की भूमि, संपत्ति और सुंदरियों पर उनका अधिकार होगा। शौर्य जैसा पावन क्षेत्र इस प्रकार अनौचित्य एवं अनीतियों द्वारा पद-दलित हो रहा था। समाज में अशांति, ईर्ष्या आदि का अधिपत्य था। आदर्शतः क्षत्रियों पर दुर्बलों की रक्षा का दायित्व था। किन्तु स्वार्थ सागर में निमग्न वे तो उनके भक्षक बन बैठे थे। लिप्सा का कोई अंत ही नहीं था। महावीर के लिए यह सब पीड़ाजनक था।

भगवान महावीर ने ब्राह्मणवाद के यज्ञयाग को भी करीब से देखा था। इस यज्ञ में राजा और प्रजा शामिल होते थे। यज्ञ में कई पशु धर्म के नाम पर क़त्ल हो जाते थे। यह देखकर उन्हें बड़ा दुःख हुआ। धर्म के नाम पर होनेवाली हिंसा उन्हें बिल्कुल मान्य नहीं थी। उनके मन में आया, अज्ञानी तो हिंसा अज्ञानवश करता है, लेकिन विद्वान पंडित भी धर्म के नाम पर हिंसा करे, वेदमंत्रों द्वारा पशु की बलि चढ़ाये, खाने योग्य पदार्थ अग्नि में 'स्वाहा' कर दे ये गलत है।

आर्थिक विषमता का अभिशाप उस युग में भी अधिकांश जन के लिए त्रास का कारण बना हुआ था। समाज गलत नेतृत्व के हाथों पथभ्रष्ट हो चुका था। भ्रष्ट धर्माधिकारी गण शक्तिशाली होकर मनमानी करते थे। तत्कालीन धर्म के नाम पर प्रचलित कर्मकाण्ड इसका प्रमुख कारण था। ऊँच-नीच का भेदभाव प्रबल था। शक्तिमन्त वर्ग हीनों के साथ दास-दासियों का सा व्यवहार करते थे। चन्द सामर्थ्यवान लोग स्वयं को श्रेष्ठ मानकर अपनी शक्ति का अपनी स्वार्थपूर्ति के पक्ष में उपयोग करते थे। पशुओं की भांति दास-दासियों का क्रय-विक्रय होता था।

महावीर शूद्रों की स्थिति को भी जानते थे। शूद्रों की बस्तियाँ नगर के बाहर होती थीं। उन्हें निम्न व घृणित कार्य करने पर मजबूर किया जाता था। अस्पृश्यता का रोग समाज में फैला हुआ था। शूद्र के लिए कानून व्यवस्था, सजाएँ भी अलग

दीक्षा की अनुमति के लिये भगवान् की अपने ज्येष्ठ बन्धु नन्दिवर्धन से प्रार्थना
और होनेवाले विरह से हार्दिक व्यथा।

थीं। जिन शास्त्रों में इतनी असमानता भर रखी थी, उन्ही को धर्मशास्त्र का दर्जा दिया गया था।

इस सामाजिक विषमता के साथ ही समाज के एक और भयंकर विकार ने महावीर की हृदय-तंत्री को झनझना दिया था और वह थी नारी जाति की दुर्दशा। पुरुष और नारी को समान आदर तथा समान सामाजिक स्थान नहीं था। नारी का अपना कोई चेतनायुक्त अस्तित्व, कोई मान-मर्यादा नहीं थी। वह पुरुष की जीवित संपत्ति मानी जा रही थी। प्रभु महावीर ने नारियों की मंडियाँ लगती देखी थीं। दासों की मंडियाँ उस समय के सभ्य समाज का हिस्सा बन गयी थी। किसी की संपन्नता के अंतर्गत उसके दासों व स्त्रियों की गिनती होती थी। स्त्रियों को किसी स्तर पर धर्म का अधिकारी नहीं समझा जाता था। वह धर्म के किसी अनुष्ठान में महत्वपूर्ण भूमिका नहीं निभा सकती थी। उन्हें आत्मकल्याण के मार्ग से वंचित कर दिया था। संत तुलसीदास के शब्दों में कहा जाये तो -

ढ़ोल गंवार शूद्र पशु नारी ।
ये सब ताड़न के अधिकारी ।।

अर्थात् शूद्र, पशु एवं नारी से एक सा व्यवहार होता था। तत्कालीन समाज में चातुर्वर्ण पद्धति प्रचलित थी। ब्राह्मण, क्षत्रिय, वैश्य और शूद्र ऐसे वर्णों में समाज विभाजित था। जैन धर्म का प्राचीन रूप बिल्कुल बिखर चुका था। लोग धर्म के नाम पर मांसाहार का प्रयोग करते थे।

समाज के इस दूषित रूप ने महावीर की चिंतन शक्ति को अधिक प्रबल बना दिया। सुख-सुविधाओं के वातावरण में रहकर भी वह निरंतर अभावग्रस्त और दयनीय मानवता के प्रति चिंतित रहा करते थे। प्रारम्भ में उन्होंने यही निश्चय किया था, कि मुझे इस जगत से तटस्थ रहना है। तत्कालीन मानव-जीवन का स्वरुप उन्हें स्वीकार्य नहीं था। वे ऐसे जगत के बंधनों से मुक्त रहना अभीष्ट मानने लगे थे। परिणामतः वे अत्यंत गंभीर और मौन रहने लगे। जगत से उदासीन होकर उसे विकारमुक्त करने की प्रेरणाएँ उनके अंदर जाग उठी थीं, और वे जैसे वैराग्य के पूर्व चरण में आ रहे थे।

एक बात उल्लेखनीय है कि, महावीर ने घर, परिवार में रहकर विषम समाज व्यवस्था, कर्मकाण्ड और धर्म के नाम पर चलने वाली गलत बातों के विरुद्ध एक शब्द भी नहीं बोला था। उपदेश देने से पहले वे अपने को कुछ बनाना चाहते थे। तपस्या की आग में तपकर आत्मा को कुंदन बनाने का उनका लक्ष्य था। वे

राजकीय कानून तथा जोर जबरदस्ती में विश्वास नहीं रखते थे। अहिंसा, शांति और करुणा के मार्ग पर चलकर ही अपनी बात समझाना चाहते थे। इसी लक्ष्य की प्राप्ति के लिए उन्हें अभिनिष्क्रमण का फैसला लेना था।

समाज का सिंहावलोकन

गणनातीत काल में मनुष्य के किसी आदि प्रातः में आदि ब्रह्मा ऋषभदेव ने मरणधर्मा मानव को भोग युग के अंधकार से मुक्त करके आत्मज्ञान की दीक्षा प्रदान की थी। प्रकृति के मोहपाश से स्वयं मुक्त होकर, मानव का मोक्ष मार्ग उन्होंने प्रशस्त किया था। धर्म, कर्म, काम और मोक्ष को उन्होंने संवादी किया था।

कालचक्र के अनेक विप्लवों में और मत्वन्तरों में उनका वह कर्मयोगी विधान, बारंबार प्रलय की लहरों में लीन होकर भी नूतन स्वरूपों में प्रकट होता रहा। हर बार कोई नये तीर्थंकर आये और काम और कामातीत मुक्ति के समन्वय स्वर साधे। अब से ढ़ाई हजार वर्ष पूर्व इसी आर्यावर्त के तट पर ऋग्वेद के कवि-ऋषियों ने प्रकृति और पदार्थ के अनंत विराट स्वरुप का साक्षात्कार किया। परन्तु दुर्दान्त पशु सहज ही दमित न हो सका। पवित्र यज्ञकर्मों के साथ ही पाशवीय यज्ञकर्मों का कालधूम प्रच्छन्न करता रहा। क्षुधा और काम की कराल दाढ़ों में हिंसा की ताण्डवी जिव्हा लपलपाती रही। यज्ञ की ऐसी सर्वग्रासी ज्वाला के शिखर पर उतरे महाश्रमण पार्श्वनाथ। उन्होंने समस्त जम्बूद्वीप को अपने कैवल्यसूर्य से भास्वर कर दिया। सत्य, अहिंसा, अचौर्य और अपरिग्रह का प्रकृष्ट चातुर्याम धर्म उन्होंने उद्घाटित किया।

महाश्रमण पार्श्व ने सम्यक् दर्शन और सम्यक् ज्ञान को प्रतिपल के जीवनाचरण में जीवन्त किया था। इसी कारण ऋषियों ने अपने आत्म-साक्षित ब्रह्मज्ञान को उनमें मूर्तिमान देखा। ब्रह्मर्षियों ने उन्हीं के स्वर में स्वर मिलाकर 'मा हिंस्याः, आत्मनः प्रतिकूलानि परेषां न समाचरेत्' मंत्रदर्शन प्रजा को दिया। प्राणिमात्र के लिए मुक्ति का मार्ग प्रशस्त किया। परन्तु ढ़ाई सौ वर्ष बीते न बीते कि वह कैवल्य प्रभा फिर अंतर्धान हो गयी थी। उनके चैत्यों की रत्न-प्रतिमाओं में तीर्थंकर उनके वैभव के बंदी होकर मात्र उनकी जड़ चैत्यपूजा के उपकरण हो गए थे। अहिंसा और अपरिग्रह के तथाकथित धर्मपालक, विविध प्रदेश के धनकुबेर श्रेष्ठियों के तहखानों में प्रजा का तमाम सुवर्ण रत्न संग्रहित था। कोटि कोटि श्रमिक प्रजा इन राजपुरुषों और श्रेष्ठियों द्वारा अपहृत लोकसंपदा की क्रीत दास होकर मज़बूरी का जीवन बीता रही

थी। यह पार्श्व का धर्म साम्राज्य नहीं, कुलीन ब्राह्मण, क्षत्रिय और वणिकों का काम-साम्राज्य था।

इस काम साम्राज्य के सिंहासनों पर आसीन थी महावीर की अपनी मौसियाँ। महावीर के मातामह (नानाजी) थे विश्व विश्रुत वैशाली गणतंत्र के गणपति चेटकराज। चेटकराज की सभी पुत्रियाँ बड़े बड़े राज्य की महारानियाँ थीं। आचूड आर्यावर्त में अपना एकछत्र साम्राज्य स्थापित करने वाले महत्वाकांक्षी महाराज श्रेणिक बिम्बिसार की पत्नी थी रूपसी मौसी चेलना। अवन्तिनाथ का वध करके, उनके सिंहासन को हथिया लेनेवाले उज्जयिनीपति चण्डप्रद्योत की पट्टमहिषी थी मौसी शिवादेवी। कौशाम्बी के अधीश्वर महाराज शतानिक की महारानी थी मौसी मृगावती। उधर पश्चिम दिशा में सिंधु सौवीर के महाराज उदयन की पट्टरानी थी मौसी प्रभावती। पूर्व दिशा में चंपा प्रदेश के अंगराज दधिवाहन की महारानी होकर विराजित थी मौसी पद्मावती (धारिणी)। दशार्ण देश के अधिपति राजा दशार्णभद्र की प्राणेश्वरी थी मौसी सुप्रभा।

तक्षशिला का स्नातक प्रसेनजित कोशल साम्राज्य का अधिपति था। उसकी राजधानी श्रावस्ती में सारे जम्बूद्वीपों के राजपथों, नदीपथों और समुद्रपथों को जोड़नेवाला धरा संगम था। इसी से भारतखण्ड और उससे परे के समुद्रमार्गों से जुड़े अनेक देशों और द्वीपों के बीच व्यापार चलता था। और इस तरह श्रावस्ती के पण्य (बाज़ार), श्रेष्ठीमहल, राजमहल संपत्ति और समृद्धि से भरे हुए थे। ऐसे वैभव संपन्न राज्य का स्वामी था प्रसेनजित। वह व्यक्तिशः कामुक पुरुष था। परन्तु वर्तमान के तीर्थंकर और श्रमण उसे पुण्यपुरुष कहते थे।

तीर्थंकर पार्श्वनाथ की जिनेश्वरी परंपरा का सूर्य लिच्छवियों की राजधानी वैशाली में सर्वाधिक उद्योतमान था। तपस्वी, इन्द्रियजेता श्रमणों के विहार और प्रवचन से वैशाली के वन कानन सदा प्रकाशित थे। अधिकांश लिच्छवि क्षत्रिय नित्य के आहार विहार में भी श्रावक धर्म को आचरते थे। किन्तु श्रावक के नित्य के आवश्यक षट्कर्मों से आगे वह धर्म कभी गया नहीं था। सच्चे अर्थों में धर्म का विस्मरण हो गया था।

वर्धमान के इतने बड़े राजपरिवार के कई उत्सव और विवाह प्रसंग होते थे। किन्तु महावीर कभी कहीं दिखते नहीं थे। यही शिकायत लेकर एक दिन धारिणी मौसी की पुत्री चंदना वर्धमान के पास आई थी। उसकी शिकायत सुनकर वर्धमान ने भी कहा, ''मैंने भी माँ से सुना है कि स्वभाव में तुम ठीक मेरी सगी बहन हो। ना किसी से खास मेल जोल, न बोल-चाल। बस अपने में अकेली और बेपता

रहती हो। वैसे याद करना तुम्हारी आदत नहीं लेकिन मुझे बहुत याद करती हो। अहोभाग्य मेरा।'' इस तरह महावीर और चंदना की प्रथम मुलाकात आत्मीय एवं दार्शनिक चर्चा से संपन्न हुई थी।

एक दिन वर्धमान अपने पिता राजा सिद्धार्थ के साथ कुछ विशेष प्रयोजन से अपने नानाजी चेटक के यहाँ वैशाली गए थे। आपस में युद्ध तथा विजयी न्यायी शासक की चर्चा चल रही थी। वर्धमान के पिताजी ने कहा, ''आयुष्यमान, सारे दैवज्ञ कहते हैं कि कुमार वर्धमान के पगतल चक्रचिन्ह से अंकित हैं। वे जन्मजात चक्रवर्ती हैं। समुद्र पर्यन्त की पृथ्वी पर उनका साम्राज्य होगा।'' यह सुनकर वर्धमान ने कहा, ''रूप और नामधारी चक्रवर्तित्व तो अंहकार का होता है। 'अहम्' मिथ्या है। उसका मिट जाना अनिवार्य है। मैं अगर चक्रवर्ती हो सकता हूँ तो सोऽहं का चक्रवर्ती हूँ, जो नाम रूप से परे, स्व-निर्भर आत्मस्वामी होता है। जिसकी सत्ता षट्खण्ड पृथ्वी की विजय तक सीमित नहीं। सच्चा चक्रवर्ती वह, जो वस्तु और व्यक्तिमात्र को अपना स्वभावगत स्वराज्य प्रदान कर सके, झूठे राज्यों के तख्ते उलट कर आत्मराज्य की स्थापना कर सके। सर्वोदयी और सम्वादी राज्य और समाज रच सके ऐसा ही चक्रवर्ती वर्धमान महावीर हो सकता है महाराज।'' अन्य राजपुरुषों की तुलना में महावीर वर्धमान के विचार व्यापक थे। महावीर के विचारों में केवल अपने राज्य की नहीं तो पूरे मानवजाति और प्राणिमात्र की कल्याण बातें होती थीं। अपने इन्हीं उदात्त विचार और कृति से वह असामान्य लगते थे। उन्होंने आगे कहा, ''वैशाली गणराज्य नहीं कुलराज्य है। वज्जियों के वंशानुगत अष्ट राजकुलक ही वैशाली पर राज्य करते हैं। इन अष्टकुलों के सात हज़ार सात सौ सात सदस्य ही आपके शासक परिषद के सदस्य हो सकते हैं। कोई कृषक, कुम्भकार, लोहार, बढ़ई, जुलाहा इस परिषद का सदस्य नहीं हो सकता। वैशाली के अलावा बाकी की भी, बहुत सारे गणराज्य की मूलगत स्थिति यही है। ये सारे गणतंत्र नहीं गणराजतन्त्र ही है। किन्तु आपका यह बेटा विश्व के उस भावी गणतंत्र का स्वप्नदृष्टा है जिसमें हर व्यक्ति स्वतंत्रता की साँस ले सके। उस गणतंत्र में धनी और निर्धन, श्रमिक और स्वामी, शोषक और शोषित - इनके बीच की यह मौजूद खाई समान कर दी जायेगी। हर तीर्थंकर ज्ञानी होते हैं किन्तु अभिव्यक्ति में पिछले से फिर भी अपूर्व, अधिक प्रगतिमान हुआ करते हैं। और वैसा न हो तो सत्ता की अनन्तता का क्या अर्थ रह जाता है? आगामी तीर्थंकर भी अपूर्व प्रगति का संदेशवाहक होगा। उसकी प्रतीक्षा करें वैशालीनाथ। उसमें व्यष्टि और समष्टि के लौकिक और लोकोत्तर मुक्ति के अमोघ मन्त्र समाये होंगे। वर्धमान के महान

विचार सुनकर महाराजा सिद्धार्थ प्रसन्न हो गए। उन दोनों के बीच ऐसे कई प्रकार की चर्चाएँ होती रहती थीं।

वर्धमान महावीर को दुर्बल, असहाय लोगों के प्रति अपार करुणा थी। किसी पर अन्याय न हो ऐसा उन्हें हमेशा लगता था। सत्ता का दुरूपयोग करके कोई किसी को पीड़ा दे यह उनको कभी स्वीकार नहीं था। उनके विचारों में अपने बल, शक्ति और सत्ता का प्रयोजन केवल मानवजाति के हित में होना न्याय था। उनको लगता था कि धर्मराज्य योगी ही स्थापित कर सकता है, भोगी नहीं। वह योगी जिसका भोग भी योग हो जायें और योग भी भोग हो जायें। वैशाली की भूमि तो ऐसे ही एक राजयोगीश्वर की लीला-भूमि रही है। जनक विदेह के वंशधर होने के कारण ही उनके वंशज विदेह और वह भूमि विदेह देश कहलाती थी। ऐसी भूमि के राजसिंहासन पर तो एक दिन योगी को ही आना था। उसके बिना पृथ्वी पर धर्मराज्य की स्थापना संभव नहीं थी।

विरक्तिमय दो वर्ष

वर्धमान महावीर अठाईस वर्ष के हुए तब उनके माता-पिता स्वर्गवासी हुए। माता-पिता का अंतिम समय संलेखना समाधिमरण के साथ संपन्न हुआ, उन्हें देवगति की प्राप्ति हुई। वर्धमान महावीर ने अपने माता-पिता के होते हुए गृहत्याग न करने की प्रतिज्ञा ली थी। जब तक माता-पिता जीवित थे, तब तक घर में रह कर उन्होंने अपना वचन निभाया था। अब माता-पिता के स्वर्गवास के बाद महावीर अपने ध्येय की ओर जाना चाहते थे। कुछ समय बाद भाई नंदीवर्धन से उन्होंने ये बात कहीं। अपने प्राणप्रिय छोटे भाई की बात सुनकर बड़े भाई की आँखों में अश्रु छलक उठे। अवरुद्ध कंठ से वे बोले, सिर्फ दो वर्ष के लिए आप के सहवास का लाभ हमें दो। उसके बाद आपके मार्ग में हम नहीं आएंगे। अपने अग्रज के कहने से महावीर ने गृहत्याग तो नहीं किया, किन्तु मन से वे त्यागी हो ही चुके थे।

वर्धमान महावीर की इस अवस्था को देवी यशोदा ने जान लिया था। उसने उनको पूछा, ''स्वामीनाथ, आप खोए खोए क्यों दिखाई पड़ते हो? न तो आप मेरे साथ दिल खोल कर आनंद मनाते हो, न राज्य के कार्यों में सक्रिय बनते हो। मेरी खातिर न सही, अपनी लाडली प्रियदर्शना के खातिर उसके विवाह तक घर में रहिए, ऐसी मेरी अर्ज है।'' महावीर ने उत्तर में कहा, ''देवी, मेरा जीवन बस परिमित जीवन के चरण छूने के लिए नहीं है। एक प्रियदर्शना के लिए मैं घर में रहूँ? समग्र विश्व के

हित की चिंता से वासित मेरा मन, जीवन की अल्पता को बहलाने वाली चेष्टाओं से कैसे तृप्त हो सकता है? अतः मैं कहता हूँ, मुझे समझो, मेरे कार्य में सहयोग दो, साथ दो। भोग की भिक्षा और स्वार्थ की याचना क्षत्रियाणी के लिए एक चुनौती है।''

आबदार मोती जहाँ पकते हैं उस सीप की रचना विशिष्ट प्रकार की होती है। वैसे ही, प्रतापी पुत्र को जन्म देनेवाली क्षत्रियाणी के समग्र देह की रचना भी असाधारण प्रकार की होती है। यही कारण है श्री तीर्थंकर देव प्रमुख ६३ प्रशंसनीय (श्लाघ्य) पुरुष, क्षत्रियाणी की कुक्षि से जन्म पाते हैं, ताकि उनके अप्रतिम सामर्थ्य को अविष्कृत करनेवाली उष्मा और प्रभा उन्हें उस स्थान पर पर्याप्त मात्रा में मिल सके।

अपने पति के प्रेरक शब्दों के प्रभाव से देवी यशोदा का मानस पलट गया। पति के विश्वोपकारी जीवन में सर्वथा सानुकूल बनकर रहने का उसने मन में दृढ़ संकल्प किया।

किसी भी लक्ष्य को पाने की पुकार जब अपनी सीमा तक पहुँचती है तब प्रतिकूलता के पत्थर भी पिघलने लगते हैं। देखते ही देखते एक वर्ष पूरा हो गया। महावीर उनतीसवें वर्ष के हुए। उन्होंने दान हेतु भंडार भर दिए। वर्षीदान के समय का परिपाक पूरा हो गया। देव-देवेंद्र हाजिर हुए। प्रत्येक तीर्थंकर परमात्मा अपनी दीक्षा के एक वर्ष पहले वर्षीदान का प्रारम्भ करते हैं। उसी परंपरा का निर्वाह करते हुए भगवान महावीर दानशाला में बैठकर प्रतिदिन एक करोड़ आठ लक्ष सुवर्णमुद्रा दान में देने लगे। साथ में अन्न, वस्त्र, अलंकार, अश्व, गजादि भी देने लगे। गृहस्थ के कर्तव्यरूप द्रव्य दान से अनेक मानवों के दारिद्र्य दूर हुए। महादाता के दान से अनेक आत्माओं के भावों की शुद्धि और वृद्धि हुई।

देवों के बीच देवर्षि कहे जाते हैं नौ लौकांतिक देव। स्वर्गों के सारे भोगों से घिरे रहकर भी ये, स्वभाव से सहज ही वीतराग और योगी होते हैं। ये लौकांतिक, दिव्य रूपधारी देवकुमारों ने ढ़ेर सारे कल्पवृक्षों के फूल महावीर के चरणों में बिखेर दिए। और कहने लगे, ''बुज्झह, बुज्झह। मा मुज्झह, मा मुज्झह।'' अर्थात् जागो। जागो। मूर्च्छा में न रहो। मूर्च्छा में न रहो। क्षणैक के अंतराल से फिर सुनाई पड़ा, ''उट्ठाही, उट्ठाही। पट्ठाहि, पट्ठाहि।'' मतलब उठो और प्रस्थान करो। इस ध्वनि के छोर से महावीर की बाह्य चेतना सर्वथा विलुप्त हो गई। महावीर के प्रस्थान का समय निकट आ गया था। यह जानकर महावीर ने पुनः अपने अग्रज नन्दीवर्धन से दीक्षा की अनुमति हेतु प्रार्थना की। नन्दीवर्धन ने भी अनुमति दे दी। अन्य कोई मार्ग ही नहीं था। महावीर अभिनिष्क्रमण हेतु तत्पर हुए। अभिनिष्क्रमण समारोह का आयोजन उत्साह के साथ किया गया।

महाभिनिष्क्रमण

भगवान महावीर की दीक्षा का सुहागी दिन नजदीक आ गया। क्षत्रियकुंड के घर घर में उमंग छा गया। जगह जगह पर रंग-बिरंगी ध्वजाएँ फहराने लगीं। मनोहर मंडप खड़े हो गए। शहनाई के सुर, मंगल का अभिवादन करने लगे। प्रजा का उत्साह असीम हो गया। दीक्षा महोत्सव को अपनी चरम सीमा तक पहुँचाने में राजा नंदीवर्धन ने कोई कमी न रखी थी।

सहस्त्रों इंद्रों ने अन्य देवताओं के साथ क्षीर-समुद्र के जल से भरे सुवर्ण कुम्भों से वर्धमान की देह का अभिषेक किया। राजद्वार पर चन्द्रप्रभा नाम की एक सुन्दर पालकी सजाई गयी। शक्रेंद्र और शची ने पूर्व दिशा की ओर मुखासीन कर महावीर को उसमें बिठाया। पालकी के पीछे देव, मानव और असुरों के समूह चलने लगे।

कालचक्र में विजय नामक मुहूर्त क्षण प्रकट हुआ। उत्तरा और फाल्गुनी नक्षत्र की संयुति हो गयी। जैन संस्कृति के इतिहास में सुव्रत दिवस मार्गशीर्ष सुदी १० (दशमी) का दिवस, (ई. पू. ५६९ का वर्ष) अमर महत्त्व रखता है। प्रभु पद प्राप्त करनेवाले महावीर शिबिका से बाहर निकले। अशोक वृक्ष के नीचे उन्होंने अपने सारे अलंकार उतार दिए। अपने सिर, मूंछ और दाढ़ी के केश उन्होंने उखाड दिये। सिद्ध भगवान को प्रणाम किया और दीक्षा की प्रतिज्ञा धारण की। दिन के चतुर्थ प्रहर में महावीर ने अपने वस्त्रों को तन से पृथक कर दिया और एक संकल्प किया कि - आज से साढ़े बारह वर्ष पर्यन्त जब तक सम्पूर्ण केवलज्ञान प्राप्त न हो तब तक मैं देह की ममता छोड़कर देव, मनुष्य या अन्य जीवों की ओर से जो भी उपसर्ग, कष्ट उत्पन्न होंगे उनको समभावपूर्वक सम्यक रूपसे सहन करूँगा। समस्त वस्त्र, अलंकारों को उतारने के पश्चात् देवेंद्र ने महावीर को देवदूष्य वस्त्र प्रदान किया। महावीर ने उस वस्त्र को अपना जिन आचार समझकर अपने वाम स्कंध पर धारण कर लिया। सारे तीर्थंकर देवों के कंधे पर देवदूष्य नाम का वस्त्र सादर रखने का देवेंद्र का आचार है।

अत्यंत गद्‌गद् भाव से दर्शक समूह दीक्षापूर्व की इन प्रक्रियाओं को निहार रहा था। महावीर की यह दीक्षा बड़ी अद्भुत थी। वे स्वयं ही गुरु थे, स्वयं ही शिष्य थे। दीक्षक तथा दीक्षित दोनों ही भूमिकायें वे स्वयं निभा रहे थे। इस अभूतपूर्व प्रक्रिया से दर्शकों को बड़ा कुतुहल और जिज्ञासा हो रही थी। उसी समय समस्त लोगों की जिज्ञासा का समाधान करते हुए शक्रेंद्र ने कथन किया, "देवानुप्रियों, महावीर

जैन धर्म के तीर्थंकर

१३. भगवान श्री विमल नाथ जी

१४. भगवान श्री अनन्त नाथ जी

१५. भगवान श्री धर्म नाथ जी

१६. भगवान श्री शान्ति नाथ जी

१७. भगवान श्री कुन्थु नाथ जी

१८. भगवान श्री अरह नाथ जी

आज प्रव्रजित हो रहे हैं। वे स्वयं संबुद्ध हैं। इनका अंतःकरण स्वतः प्रेरित एवं स्वतः जागृत है। ये अपने उपदेष्टा स्वयं हैं और स्वमार्ग के निर्माता व दृष्टा भी हैं। साधना द्वारा शीघ्र ही प्रभु को केवलज्ञान प्राप्त होगा और धर्मचक्र का वे प्रवर्तन करेंगे।'' देवराज इंद्र की इस घोषणा से समस्त दर्शकों के हाथ श्रद्धा और भक्ति से जुड़ गए और मस्तक नमित हो गए। दीक्षा लेते ही प्रभु को चौथा मनःपर्यायज्ञान प्राप्त हो गया।

भगवान महावीर ने ३० वर्ष की उम्र में दीक्षा अंगीकार की थी। दर्शक लोग मधुर वाणी में भगवान का अभिनन्दन, वंदन और स्तुति करने लगे - हे नन्द, तुम्हारी जय हो। चारित्र द्वारा नहीं जीती हुई इन्द्रियों को जीतो और श्रमण धर्म का पालन करो।

अध्याय ४

संन्यस्त महावीर

•

संयम की प्रथम रात्रि

•

संकल्प के पाँच आयाम

•

साधना की प्रथम कसौटी

•

अस्थिकग्राम का प्रथम चातुर्मास

•

सर्प पशु का उद्धार

संयम की प्रथम रात्रि

दीक्षा लेने के पश्चात् भगवान महावीर ने मोराक गाँव की ओर प्रस्थान किया। उनको विदा करनेवाले जनसमूह से वे दूर आ गए। अब साधक महावीर का न कोई परिचारक था न कोई उपासक। आत्ममंथन में लीन भगवान महावीर अपने पथ पर चल रहे थे। प्रभु तो अब अकिंचन भिक्षु बन चुके थे। उनके कंधे पर इंद्र द्वारा प्रदान किए गए देवदूष्य के अतिरिक्त कुछ नहीं था। रास्ते में उन्हें सोमशर्मा नाम का वृद्ध ब्राह्मण मिला। उसने प्रभु से उस देवदूष्य की माँग की। लोभ, मोह से मुक्त प्रभु ने आधा देवदूष्य उसे दे दिया। ब्राह्मण प्रसन्न हुआ। घर आकर उसने वह वस्त्र अपनी पत्नी को दिया। वस्त्र का किनारा ठीक करने के लिए पत्नी ने वह वस्त्र रफूगर को दिया। उस अमूल्य वस्त्र को देखकर रफूगर बोला, "यह तो बहूमूल्य देवदूष्य है। यदि पूर्ण वस्त्र मिल जाये तो एक लाख सुवर्ण मुद्राएँ मिल सकती है।"

यह सुनकर वह ब्राह्मण फिर भगवान महावीर के पीछे गया। एक दिन वह आधा वस्त्र प्रभु के कंधे से गिर पड़ा। उसे उठाकर ब्राह्मण रफूगर के पास पहुँचा। रफूगर ने उसे जोड़ दिया। ठीक किया हुआ वह वस्त्र लेकर ब्राह्मण राजा नन्दीवर्धन के पास गया। नन्दीवर्धन ने देवदूष्य को पहचान लिया। अपने त्यागी भाई की निशानी के रूप में उस वस्त्र को उसने एक लाख सुवर्ण मुद्राओं में ब्राह्मण से ख़रीदा। ब्राह्मण की धन की चिंता दूर हो गयी, वह धनवान बन गया।

यह घटना प्रभु महावीर के त्याग और अनासक्ति का उत्तम उदाहरण है। इस घटना से उनकी करुणा झलकती है। भगवान महावीर ने करुणा को अहिंसा की माता बताया है। साधनाकाल में उनका यह प्रथम दान था। अब प्रभु महावीर वस्त्रविहीन अवस्था में विहार करने लगे। अब उन्होंने अपने शरीर को साधना हेतु प्रयोगशाला बना कर रख दिया था।

संकल्प के पाँच आयाम

भगवान महावीर मोराक सन्निवेश में पधारे। वहाँ पर दुइज्जन्त तापस का विशाल आश्रम था। आश्रम के कुलपति ने प्रभु को वहाँ निवास करने का आग्रह किया। उनका आग्रह और वर्षावास का समय जानकर महावीर ने वहाँ निवास करने का निर्णय लिया। उनके रहने के लिए एक पर्णकुटी दी गई। वहाँ महावीर ध्यानस्थ

दीक्षा के बाद विहार करते हुए भगवान् को गन्ध-सौन्दर्यमुग्ध
युवा नर-नारियों के प्रेमोपसर्ग और चित्त की अद्‌भुत स्वस्थता

होते थे। वर्षा के अभाव में जीव-जंतु को खाने के लिए वनस्पति नहीं रही थी। क्षुधा को शांत करने के लिए गायें आकर झौंपड़ियों की घास खींच कर खा जाती थीं। तापस गण गायों को भगाकर अपनी अपनी कुटिया की रक्षा कर लेते थे। किन्तु चिंतनशील महावीर को इसका अवकाश कहा?

एक दिन तापसगण आश्रम से बाहर गये हुए थे। वापस आने के बाद उन्होंने पाया कि महावीर की कुटिया की अधिकांश घास को गायों ने उदरस्थ कर लिया है। लेकिन महावीर निश्चिन्त थे। इस पर कुलपति ने कहा, ''राजकुमार, पक्षी तक अपने घोंसले की सुरक्षा करते हैं जब कि आप तो राजपुत्र हो।''

प्रभु महावीर के मन में इन बातों का गहरा असर हुआ। वे चिंतन करने लगे - मैं झौंपड़ी की रक्षा नहीं कर सकता और झौंपड़ी पर भूखे पशु मुँह मारते हैं जिस कारण तापस वर्ग नाराज होता है। मेरी आत्मसमाधि इनकी असमाधि बन जाती है। यह मेरे लिए अनुचित है।

इस बात पर चिंतन करने के बाद प्रभु ने पाँच दिन पूरे होने पर झौंपड़ी को अलविदा कहा और पाँच महत्वपूर्ण निर्णय लिए। वे पाँच निर्णय निम्न थे -

१. अप्रीतिकर (जहाँ के लोगों के मन में हमारे प्रति वैमनस्य अथवा ईर्ष्यादि भाव हो) स्थान पर नहीं रहूँगा।
२. साधना के लिए उपयुक्त और सुरक्षित, सुविधायुक्त स्थान खोजकर नहीं रहूँगा। सदा ध्यानस्थ रहूँगा, देह को प्रकृति के अधीन छोड़कर, उसके रक्षण की व्यवस्था नहीं करूँगा।
३. भिक्षा, गवेषणा, मार्ग ज्ञात करने तथा पूछे गये प्रश्न का उत्तर देने के अतिरिक्त सर्वथा मौन रहूँगा।
४. कर-पात्र (हाथ) में ही भिक्षा ग्रहण करूँगा।
५. आवश्यकता पूर्ति के प्रयोजन से किसी गृहस्थ को प्रसन्न करने का प्रयास नहीं करूँगा। अर्थात् गृहस्थ का अपमान भी नहीं करूँगा।

ये कठोर प्रतिज्ञाएँ थीं जिनके कारण प्रभु महावीर को विकट कष्ट सहन करने पड़े थे। (आचारांग के अनुसार उन्होंने कभी भी अन्य पात्र में भोजन नहीं किया।)

साधना की प्रथम कसौटी

विहार करते हुए प्रभु महावीर कूर्मारग्राम पधारे थे। प्रातः काल का समय था। पक्षी अपने घौंसले से बाहर आ चुके थे। ऐसे प्रसन्न वातावरण में प्रभु महावीर

गाँव के बाहर वनक्षेत्र में एक वृक्ष के नीचे ध्यान में स्थिर हो गए। उसी समय एक गोपालक अपने बैलों सहित उसी स्थान पर आ पहुँचा। उसे गोदोहन के प्रयोजन से घर जाना था और तब तक उसके बैलों की रखवाली की समस्या थी। पास में बैठे प्रभु महावीर को उसने देखा और सरल भाव से कहा, ''मेरे बैलों का ध्यान रखना। मैं गाएँ दुहकर आता हूँ।''

प्रभु महावीर आत्म-समाधि में लीन थे। ग्वाले की बात उन्हें सुनाई नहीं दी। इधर बैल मस्ती से आजाद घूमते रहे और क्षुधा, प्यास मिटाने दूर निकल गए। गोदोहन आदि कार्य से निवृत्त होकर जब वह लौटा तो पाया महावीर वैसे ही ध्यानस्थ है और उसके बैल कहीं दिखाई नहीं दे रहे है। उसने महावीर को पूछा, ''मेरे बैल कहाँ गए?'' महावीर की ओर से कोई उत्तर न पाकर वह बैलों की तलाश में निकल पड़ा।

गोपालक ने दूर दूर तक समस्त संभावित स्थानों में खोज लिया, किन्तु उसके बैल कहीं नहीं मिले। अत्यंत रोष के साथ वह पुनः उस स्थान पर लौटा जहाँ महावीर ध्यानस्थ बैठे थे। उसकी खीज और क्रोध यह देखकर कई गुना बढ़ गया कि उसके बैल तो शांत होकर महावीर के समक्ष बैठे हैं। क्रोध से वह महावीर पर प्रहार करने दौड़ा। तब अचानक इंद्र देव प्रभु की सेवा में उपस्थित हो गए। ग्वाले को ललकारते हुए कहा,

''अल्पमति, जिसे तू चोर समझता है वह चोर नहीं एक राजपुत्र है। राजा सिद्धार्थ का यह तेजस्वी पुत्र राजवैभव को छोड़कर आत्मसाधना के लिए निकला है। ये तेरे बैलों की क्या चोरी करेंगे? तूं प्रभु पर व्यर्थ प्रहार कर रहा था।''

इंद्र की बात सुनकर ग्वाले को अपनी गलती का एहसास हुआ। उसने प्रभु महावीर के चरण पकड़ कर क्षमा याचना की और चला गया।

इस घटना के बाद देवराज इंद्र ने प्रभु महावीर से निवेदन किया, ''भगवान्, मनुष्य बड़े अबोध हैं। उन्हें स्वयं के हिताहित का भी ध्यान नहीं है। आपकी साधना से वे अपरिचित हैं। अतः आप आज्ञा प्रदान करे ताकि आपके साधनाकाल तक मैं आपकी सेवा में रहकर आपके कष्ट दूर कर सकूँ।''

प्रभु ने मुस्कुराते हुए कहा, ''देवेंद्र, आत्मज्ञान की प्राप्ति स्वाश्रयी है। साधक स्व-शक्ति से ही मोक्ष को प्राप्त करता है। किसी अन्य की सहायता से नहीं।'' प्रभु की वाणी सुनकर देवेंद्र नतमस्तक हो गए।

अस्थिक ग्राम का प्रथम चातुर्मास

प्रभु महावीर विहार करते करते अस्थिक ग्राम पधारे। अस्थिक ग्राम के समीप ही एक प्राचीन मंदिर था - ध्वस्त, डरावना, एकांत और सुनसान। प्रभु ने रात्रि विश्राम हेतु पुजारी से आज्ञा माँगी तो उसने बताया कि, ''यहाँ पर शूलपाणि यक्ष रहता है। रात को ठहरनेवालों को मार देता है। इस गाँव में वर्षों पहले व्यापारी का एक बैल अति बोझ के कारण मर गया था। वही यक्ष बनकर गाँव के लोगों को पीड़ित करता है। मनुष्य के नाम से ही घृणा करता है। इसलिए आप यहाँ मत ठहरिये। हम गाँव में आपके ठहरने की सुन्दर व्यवस्था कर देंगे।'' किन्तु महावीर को यक्ष से भय नहीं था। अतः वे वही रुक गए। शाम होते ही आरती करके पूजारी चला गया। मंदिर में अब अकेले प्रभु ही थे।

रात्रि का अंधकार फ़ैल गया। प्रभु ध्यानस्थ थे। उनकी काया अँधेरे में दमक रही थी। यक्ष ने देखा कोई मनुष्य उसके स्थान पर आ गया है। उसके भयंकर अट्टहास से दीवारे काँप गईं। महावीर को निश्चल देखकर वह अधिक कोपायमान हो गया। लम्बा, काला साँप बनकर प्रभु के शरीर से लिपट गया। मजबूत दबाव से देह को बाँध दिया। महावीर को विचलित करने की उसने बड़ी कोशिश की। अंत में उसने प्रभु के आँख, कान, नाक, सर, दांत, नख, पीठ आदि पर भयंकर वेदना उत्पन्न की। किन्तु प्रभु शांत भाव से सब कष्ट सहते रहे। सारी रात उसने प्रयत्न किया। अंत में हारकर उसने प्रभु से क्षमा माँगी। प्रभु की आँखों में करुणा के आँसू थे। यक्ष को प्रभु की महानता का परिचय हो गया और वह उनका परम भक्त बन गया।

रात्रि का एक मुहूर्त अभी शेष था। प्रभु महावीर ने उसी समय मे नींद ली। उस नींद में उन्हें दस स्वप्न दिखाई दिए। उसी गाँव में रहनेवाले उत्पल ज्योतिषी ने इन स्वप्नों के फल इस प्रकार बतायें -

- भयंकर ताड़ सदृश पिशाच को मरते हुए देखा - मोहनीय कर्म का समाप्त होना।
- सफ़ेद पुंस्कोकिल देखा - शुक्लध्यान आरूढ़ करेंगे।
- रंग-बिरंगी पुंस्कोकिल देखा - द्वादशांगी की सर्जना करेंगे।
- दो रत्नमालाएँ देखी - (इसका फल प्रभु ने बताया) साधु धर्म व श्रावक धर्म प्ररूपण करेंगे।
- श्वेत गोकुल सम्मुख देखना - चतुर्विध संघ सेवा करेंगे।
- विकसित पद्म सरोवर देखा - देव सेवा में उपस्थित रहेंगे।

- तरंगित महासमुद्र को हाथों से पार करना - संसार महासागर को पार करेंगे।
- आलोकित करता सूर्य देखना - केवलज्ञान की प्राप्ति होगी।
- वैडूर्य वर्ण आंतों से मानुषोत्तर पर्वत ढ़कना - यश कीर्ति का चतुर्दिक फैलना।
- मेरु पर्वत पर चढ़ते हुए देखना - सिंहासन पर विराजमान होकर विशुद्ध धर्म की संस्थापना करना।

अस्थिकग्राम के चातुर्मास में भगवान महावीर ने १५ दिन के आठ अर्ध मास उपवास किये।

सर्प पशु का उद्धार

मार्गशीर्ष कृष्णा प्रतिपदा को भगवान ने अस्थिकग्राम से वाचाला की ओर प्रस्थान किया। इस सन्निवेश के उत्तर वाचाला और दक्षिण वाचाला ऐसे दो भाग थे। दोनों सन्निवेशों में सुवर्णबालुका और रुप्यबालुका नाम की दो नदियाँ बहती थीं। दक्षिण वाचाला से उत्तर वाचाला जाने का एक मार्ग कनखल आश्रम से होकर जाता था। उसी मार्ग पर प्रभु जाने लगे। यह मार्ग सीधा परन्तु निर्जन तथा संकटयुक्त था। ग्वाल बालों ने देखा, एक भिक्षु इस खतरनाक मार्ग पर विषधर चण्डकौशिक की बाम्बी की ओर बढ़ रहा है। बालकों ने प्रभु महावीर का रास्ता रोककर प्रार्थना की -

"प्रभु, इस मार्ग पर एक भयंकर विषधारी नाग रहता है, जिसकी दृष्टि में भी विष है। यह नाग अपनी विष ज्वाला से मुसाफिरों को जलाकर भस्म कर देता है। आप इस मार्ग को छोड़कर बाहर के मार्ग से जाए तो अच्छा रहेगा।"

प्रभु ने उन्हें सुना, फिर भी शांत और निर्भय मन से वे अपने मार्ग पर बढ़ते रहे। आगे सर्प के बिल के समीप एक देवालय था। उस देवालय में जाकर प्रभु ध्यानस्थ हो गए। उधर सर्प ने आसपास घूमते हुए मानव को देखा। उसने विस्मय और क्रोध से विषमयी दृष्टि फैंकी। दो, तीन बार ऐसा वार किया। अंत में क्रोधित होकर पूर्ण आवेश के साथ उसने प्रभु महावीर के चरणों पर डंक मारा। इसके बाद भी प्रभु से कोई प्रतिक्रिया न देखी तो दुबारा, तिबारा डंक मारा। किन्तु प्रभु तो हिमगिरि जैसे अटल थे। सर्प ने प्रभु की आँखों में बहता करुणा का अमृत रस देखा। और उसका विष शांत हो गया। "चण्डकौशिक शांत हो जाओ। पूर्व जन्म के अशुभ कर्मों के कारण तुम इस जन्म में सर्प रूप में पैदा हुए। यदि अब न संभले तो फिर कब सम्भलोगे?"

नागराज ने प्रभु के मुख से जब चण्डकौशिक शब्द सुना तो उसे जातिस्मरणज्ञान हो गया। पूर्वभव का क्रोधी जीवन चलचित्रवत् उसके समक्ष उपस्थित हुआ। उसके मन में पश्चाताप, आत्मग्लानि हुई तथा उसने आजीवन अनशन अंगीकार किया।

इसके बाद प्रभु महावीर ने वहाँ से प्रस्थान किया। उनको सुरक्षित देख लोगों को हैरानी और प्रसन्नता हुई। चण्डकौशिक का परिवर्तित शांत स्वरुप देखकर लोग उसकी पूजा करने लगे। किसीने उसे दूध दिया, किसीने शक्कर, तो किसी ने उसे कुमकुम तिलक लगाया। मधुरता और चिकनाहट के कारण सर्प के शरीर पर हजारों चींटियाँ आने लगी। नागराज के शरीर को काटने लगी। असह्य पीड़ावश नागराज ने सर्पयोनि में प्राण छोड़े। शुभ भावों के परिणामों से आयु पूर्ण कर आठवे स्वर्ग में वह देव बना।

वाचाला के दोनों मार्ग अब गमनागमन के लिए खुल गए। प्रभु उत्तर वाचाला पधारे। भक्त नागसेन के घर १५ दिन के उपवास का पारणा खीर से किया। फिर श्वेताम्बिका नगरी की ओर निकले।

श्वेताम्बिका नगरी के राजा परदेशी ने प्रभु का स्वागत किया। फिर सुरभिपुर के पांच नैयिक राजाओं ने उनका स्वागत करके उनको नौका द्वारा गंगा पार जाने में मदद की। प्रभु अब थूणाक सन्निवेश में पधारे।

कनखल आश्रम उत्तर प्रदेश के हरिद्वार जिले में पड़ता है। थूणाक प्रदेश वर्तमान अम्बाला में पड़ता है। यह स्थान कुरुक्षेत्र युद्ध एवं गीता उपदेश स्थल के रूप में जाना जाता है।

अध्याय ५

साधनाकाल के विविध प्रसंग

•

द्वितीय वर्षावास से बारहवें वर्षावास तक

द्वितीय वर्षावास से बारहवें वर्षावास तक

दूसरा वर्षावास

राजगृह के एक भाग नालंदा में एक जुलाहे की तंतुशाला (कपड़े बुनने का कारखाना) में प्रभु महावीर ने दूसरे वर्ष का वर्षावास किया। आजीवक संप्रदाय के एक श्रमण मंखलि पुत्र गोशालक वर्षावास के लिए पहले से टिका हुआ था। उसने प्रभु महावीर की प्रखर तपस्या और उससे प्रकट हुए पाँच दिव्यों को देखा था। उसने प्रभु को शिष्य बनाने की प्रार्थना की। किंतु प्रभु ने कोई उत्तर नहीं दिया। इस वर्षावास में प्रभु ने एक एक मास का तप किया। चातुर्मास संपन्न करके प्रभु कोल्लाग सन्निवेश में पधारे। गोशालक भी प्रभु को ढूंढ़ता हुआ वही आ गया और भगवान का शिष्य बनकर रहने लगा। गोशालक का स्वभाव चंचल और लोलुप था। यही स्वभाव प्रभु महावीर के लिए मुसीबत का कारण बना था।

तृतीय वर्षावास

अंगदेश की राजधानी चम्पानगरी में प्रभु का तृतीय वर्षावास संपन्न हुआ। इसमें उन्होंने दो दो मास के तप के साथ विविध आसन एवं ध्यान योग की साधना की।

चतुर्थ वर्षावास

इस वर्षावास के चातुर्मास से पूर्व चोराक सन्निवेश में आरक्षकों ने प्रभु को गुप्तचर समझकर घोर यातनाएँ दीं। तब उत्पल ज्योतिषी की बहनें सीमा और जयंती ने वहाँ जाकर सिद्धार्थ नंदन प्रभु का परिचय दिया। पृष्ठचंपा में संपन्न हुए इस वर्षावास में प्रभु ने चातुर्मास काल में आहार का त्याग किया तथा योगसाधना की।

कर्मों की विशेष निर्जरा के लिए प्रभु ने अनार्य देश की ओर विहार किया। ये क्षेत्र आधुनिक बांग्लादेश, बिहार, उड़ीसा में पड़ते हैं। यह प्रदेश उपसर्ग तथा कष्टों से भरा पड़ा था। अनार्य लोग प्रभु को विभिन्न ढ़ंग से कष्ट देते थे। उनके वस्त्रविहीन शरीर को देखकर उनके पीछे कुत्ते लगा देते थे। प्रभु के सुन्दर शरीर को देखकर स्त्रियाँ आसक्त हो जाती थी। काम भोग की याचना करती थी। भिक्षा मिलने का तो वहाँ प्रश्न ही नहीं था। प्रभु को नग्न देखकर वहाँ के आदिवासी लोगों ने उन्हें डण्डों से पीटा। चोरों ने चोरी के बहाने उनपर आक्रमण किया। इतने संकटों का सामना करते हुए प्रभु की रक्षा करने स्वयं इंद्र पृथ्वी पर आये थे। वह समय कष्टों से भरा पड़ा था।

जैन धर्म के तीर्थंकर

१९. भगवान श्री मल्लि नाथ जी

२०. भगवान श्री मुनि सुव्रत स्वामी

२१. भगवान श्री नमि नाथ

२२. भगवान श्री अरिष्टनेमि

२३. भगवान श्री पार्श्वनाथ

२४. भगवान श्री महावीर

पाँचवां वर्षावास

प्रभु महावीर पाँचवे वर्षावास के समय आर्य देश पधारे। आर्य देश मलय की राजधानी भद्दिलनगरी में उन्होंने चातुर्मास किया। इस चातुर्मास में भगवान ने चातुर्मासिक तप और ध्यान किया। चातुर्मास समाप्ति के बाद पारणा करके प्रभु जंबुसर पहुँचे।

छठां वर्षावास

यह वर्षावास प्रभु महावीर ने भद्रिका नगरी में बिताया। चातुर्मास से पूर्व प्रभु कूविय सन्निवेश क्षेत्र में ठहरे थे। वहाँ मौन प्रभु को गुप्तचर समझकर पकड़ लिया था। विजया और प्रगल्भा दो परिव्राजिकाओं ने प्रभु का पूर्व परिचय देकर उनकी सहायता की थी। वहाँ से प्रभु वैशाली पहुँचे। वहाँ भी प्रभु को अनेक कष्ट सहने पड़े।

चातुर्मास में प्रभु ने भिन्न भिन्न योगासन व ध्यान किया। पारणा करके चातुर्मास की समाप्ति की।

चातुर्मास के बाद प्रभु शालिशीर्ष नगर पधारे। माघ की ठंड़ थी। वस्त्रविहीन अवस्था में प्रभु ध्यानस्थ थे। कटपूतना नामक व्यन्तरि ने द्वेष भाव की आग में जलकर उनको घोर उपसर्ग दिया। परिव्राजक का रूप धारण करके शीत वायु की लहर चलाई तथा अन्य अनेक भीषण और असाधारण कष्ट प्रभु को दिए। कटपूतना द्वारा दिए गए उपसर्गों को धैर्यपूर्वक सहने के कारण भगवान महावीर को 'लोकावधि' ज्ञान प्राप्त हुआ।

सातवाँ वर्षावास

प्रभु महावीर ने मगध देश की आलंभिया नगरी में सातवाँ वर्षावास किया। चातुर्मासिक तप एवं पारणा करके कोल्लाग सन्निवेश में साधना की।

आठवाँ वर्षावास

चातुर्मासिक तप एवं पारणा के साथ यह वर्षावास मगध की राजधानी 'राजगृही' में संपन्न हुआ।

नववाँ वर्षावास

इस वर्षावास के लिए प्रभु अनार्य देश के वज्रभूमि में आये थे। वहाँ उन्हें बहुत कष्ट झेलने पड़े। छः महीने तक प्रभु भोजन-पानी तथा स्थान के बिना प्रायः वृक्षों के नीचे ही ध्यान करते थे। यहाँसे प्रभु ने पुनः आर्य देश की ओर विहार किया।

दसवाँ वर्षावास

श्रावस्ती नगरी में प्रभु ने दसवाँ वर्षावास संपन्न किया।

एक दिन विहार करते हुए प्रभु गोशालक के साथ सिद्धार्थपुर से कूर्मग्राम जा रहे थे। रास्ते में गोशालक ने तिल के पौधे के बारे में कुछ प्रश्न पूछा। प्रभु महावीर ने उत्तर दिया कि पौधा फलेगा और फूल वाले पौधे की एक फली में सात तिल निकलेंगे। गोशालक ने प्रभु को गलत सिद्ध करने के लिए पौधा उखाड़कर फैंक दिया। परन्तु वर्षा के योग से पौधा फिर से स्थापित हो गया। पुनः कूर्मग्राम से सिद्धार्थपुर जाते हुए प्रभु ने उस पौधे को दिखा दिया। उसे देख कर गोशालक को विश्वास हो गया कि हर जीव मरकर पुनः उसी योनि में उत्पन्न होता है। उसके बाद गोशालक नियतिवादी बन गया।

कूर्मग्राम में वैश्यायन नामक एक तापस ने प्राणायाम दीक्षा अंगीकार की थी। धूप में कठोर तप करने के कारण उसकी लम्बी जटाएँ बन गयी थी। गोशालक ने तापस का मजाक उड़ाया। क्रुद्ध तापस ने उस पर तेजोलेश्या फैंकी। परन्तु करुणा हृदय महावीर ने गोशालक की प्राण रक्षा की। गोशालक के मन में तेजोलेश्या के विषय में जिज्ञासा उत्पन्न हुई। उसने प्रभु को तेजोलेश्या प्राप्त करने की विधि पूछी।

प्रभु ने उत्तर दिया, ''यदि कोई मनुष्य छः महिने तक निरंतर छठ्ठ तप के साथ सूर्य के सामने दृष्टि रखकर खड़े रहते हुए आतापना लेवें और मुठ्ठीभर उड़द तथा चुल्लूभर गर्म पानी से पारणा करे, तो उस तपस्वी को थोड़ी बहुत तेजोलेश्या प्राप्त हो जाती है।''

प्रभु की यह बात सुनकर, गोशालक की तेजोलेश्या पाने की चाह इतनी बढ़ गई कि, वह प्रभु का साथ छोड़कर श्रावस्ती नगरी में चला गया। हलाहला नाम की संपन्न कुम्हारिन के यहाँ रहकर प्रभु द्वारा बताई गई विधि के अनुसार साधना करने लगा। तप के प्रभाव से कुछ महीने बाद उसे तेजोलेश्या प्राप्त हो गई। तेजोलेश्या अब गोशालक की शक्ति बन गयी। किन्तु उसने दुरुपयोग किया। इसी प्रकार गोशालक ने शोण, कनिन्द्र, कार्णिक, अहिल्या, अग्निवेश्या और अर्जुन से निमित्त

शास्त्र के कुछ अंश पढ़े जिससे वह सुख-दुःख, लाभ-हानि, जीवन-मरण इन बातों में सिद्ध वचन नैमित्तिक बन गया। तेजोलेश्या और निमित्त शास्त्र के कारण गोशालक का प्रभाव इतना बढ़ गया कि उसे माननें वालों की संख्या करोड़ों में पहुँच गई। गोशालक अब साधारण भिक्षु से एक धर्माचार्य के रूप में प्रतिष्ठित हो गया। वह स्वयं को आजीवक संप्रदाय का तीर्थंकर कहता था। उसका मुख्य केंद्र श्रावस्ती हलाहला कुम्हारिन का घर बन गया।

इधर प्रभु वैशाली पधारे। वैशाली से वाणिज्यग्राम आते हुए बीच में गण्डकी नदी पड़ती थी। प्रभु महावीर ने नौका में बैठकर नदी पार की। किनारे पर आकर नाविक ने महावीर से किराया मांगा और न देने पर उसने गर्म रेत पर प्रभु को खड़ा कर दिया। चित्र नामक एक राजदूत ने नाविक को प्रभु का परिचय देकर छुड़ाया।

ग्यारहवाँ वर्षावास

श्रावस्ती नगर का वर्षावास संपन्न कर प्रभु स्वतंत्र भ्रमण के लिए सानुलद्वीप सन्निवेश पधारे। भद्रा, महाभद्रा व सर्वतोभद्रा प्रतिमाएँ नामक तप किया। भद्रा तप में चारों दिशाओं में चार प्रहर तक कायोत्सर्ग किया जाता है। महाभद्रा तप में चारों दिशाओं में एक दिन रात्रि का कायोत्सर्ग किया जाता है। और सर्वतोभद्र प्रतिमा में दसोंदिशाओं की ओर मुख करके दस अहोरात्रि तक कायोत्सर्ग तप किया जाता है। भगवान महावीर ने इन सभी तपों की आराधना की। साधना काल में प्रभु ने कठोर उपवास किये। तप का पारणा किया। सुपात्रदान से देवों ने उनकी जयजयकार की।

आगे प्रभु ने दृढ़ भूमि में नगर के बाहर अट्ठम तप किया। पूरी रात भर ध्यान किया। प्रभु के इस निर्मल ध्यान से इंद्र बहुत प्रभावित हुए। उन्होंने अपनी देव सभा में महावीर के अविचल ध्यान साधना की बड़ी प्रशंसा की। संगम नामक देव को यह प्रशंसा सहन नहीं हुई। वे परीक्षा लेने पृथ्वी पर आ गए। छः महिने तक उन्होंने विभिन्न प्रकार के उपसर्ग देते हुए ध्यानावस्था में बैठे प्रभु को आत्यंतिक शारीरिक पीड़ा दी। अपनी शक्ति से उन्होंने प्रलयकाल की तरह धूल की भीषण वृष्टि की, भयंकर आँधी चलाई, कालचक्र चलाया। चींटियाँ, मच्छर, चूहे, बिच्छू, विषधर सर्प आदि पशुओं से प्रभु के शरीर को काटा, खोखला कर दिया। हाथी बनकर प्रभु के शरीर को रोंदा। भयंकर पिशाच का रूप लेकर सम्पूर्ण शक्ति से प्रभु को मारा। प्रभु के दोनों पाँवों के मध्य में आग जलाई। संगम देव ने राजा सिद्धार्थ और रानी त्रिशला बनकर प्रभु को फँसाने की कोशिश की। देव बनकर प्रलोभन दिखाएँ। अप्सरा बनकर प्रभु को आकर्षित करने का प्रयास किया। इतनी विभिन्न तरह की

पीड़ा सहने के बाद भी प्रभु अड़ोल रहे। उनके चहरे पर मुस्कुराहट थी। उनके शरीर की रचना ही ऐसी थी कि उनके शरीर के घाव उसी समय ठीक हो जाते थे।

इतने कष्ट सहन करके भी प्रभु ने अपना ध्यान पूरा किया। उसके बाद उन्होंने वहाँ से विहार कर दिया। संगम देव को अभी भी प्रभु की परीक्षा लेनी थी। वह भी प्रभु के साथ जाने लगे। बालुका, सुभोग, सुच्छेता, मलय और हस्तिशीर्ष आदि नगरों में संगम देव ने अभद्र व्यवहार करके प्रभु को कष्ट पहुँचाए। आगे मूसली गाँव व तोसली गाँव में संगम देव ने चोरी करके प्रभु पर आरोप लगाया। प्रभु को फाँसी की सजा सुनाई गई। कौशिक नाम के घोड़े के एक व्यापारी ने प्रभु का परिचय देके उनको छुड़ाया। उसके बाद प्रभु ब्रज गाँव में आये। वहाँ उस दिन कोई नगर उत्सव था और हर घर में खीर बनी हुई थी। संगम देव ने सारी खीर को दूषित करा दिया ताकि प्रभु को अन्न ना मिले। महावीर भिक्षा के लिए गए परन्तु न लेने लायक पदार्थ जानकर उन्होंने अन्नग्रहण नहीं किया।

इतना सब होने के बाद भी प्रभु शांत थे। संगम देव ने प्रभु से क्षमायाचना की तो प्रभु की आँखों में आँसू आ गए। संगम देव ने इसका कारण पूछा तो प्रभु ने बताया, अज्ञानता वश तूने जो कर्म बाँधे हैं, उसका भयंकर कष्ट तुझे प्राप्त होगा। ये अश्रु करुणावश छलक आए हैं। प्रभु की महानता को प्रणाम करके संगम देव वापस चला गया।

उसके बाद प्रभु महावीर क्रमशः आलंभिया, श्वेताम्बिका, श्रावस्ती नगरी पधारे। वहाँ सब लोग स्कन्द उत्सव में व्यस्त थे। किसी का ध्यान प्रभु की ओर नहीं था। जब लोग देवमूर्ति सजाकर रथ में बिठाने लगे तब वह मूर्ति स्वयं चलकर जहाँ प्रभु ध्यानस्थ बैठे थे वहाँ आकर उनके चरणों में गिर पड़ी। यह देखकर लोगों ने हर्षनाद किया। प्रभु की पूजा भक्ति की। प्रभु की महिमा सारे गाँव में फ़ैल गई। वहाँ से प्रभु कौशाम्बी, वाराणसी, राजगृह, मिथिला आदि नगरों में घूमते हुए चातुर्मास संपन्न करने हेतु वैशाली नगरी पधारे।

वैशाली नगरी एक महत्वपूर्ण और संपन्न नगरी थी। स्वयं महात्मा बुद्ध ने वैशाली को धरती का स्वर्ग और वैशाली के निवासियों को देवता कहा है। करोड़पति श्रेष्ठी इस नगरी में निवास करते थे। आम्रपाली यहाँ की नगर वधु थी। उसने महात्मा बुद्ध को निमंत्रण देकर अपना सम्पूर्ण उद्यान दान में अर्पित कर दिया था। वह स्वयं भी भिक्षुणी बन गई थी।

महावीर के समय वैशाली नगरी ४ हज़ार ४०४ गणराजाओं की राजधानी थी। इन सबका नेता था शूरवीर राजा चेटक। वह प्रभु पार्श्वनाथ का अनुयायी तथा प्रभु

महावीर का नाना था। इसी नगरी में प्रभु का परम भक्त जीर्ण सेठ रहता था। वह सामुद्रिक शास्त्र जानता था। अपनी नगरी में प्रभु महावीर आये हैं ये बात समझते ही वह खुशी से झूम उठा। जहाँ प्रभु ध्यानस्थ थे वहाँ उनके दर्शन करने चला गया। वह प्रतिदिन प्रभु के दर्शन के लिए आता था, उन्हें आहार-पानी की विनंती करता था। परन्तु प्रभु ने उसकी विनंती कभी स्वीकार नहीं की थी। ऐसे चार माह व्यतीत हुए। प्रभु ने भिक्षा ग्रहण नहीं की थी। चार माह के पश्चात् प्रभु उपवन से बाहर आए। निर्दोष भिक्षा की गवेषणा करने लगे। भिक्षा के लिए वे पूरण सेठ के घर पर आए। पूरण सेठ ने प्रभु को बेरुखी से निहारा और अपनी दासी से कहा, इस भिक्षु को घर में जो कुछ भी तैयार है, दे दो। दासी ने एक चम्मच कुलत्थ (बाकुले) दिए। प्रभु ने उसी बाकुले से चातुर्मासिक पारणा किया।

बारहवाँ वर्षावास

प्रभु महावीर ने वर्षावास वैशाली में संपन्न किया। विहार कर चातुर्मास समाप्ति पर सुंसुमारपुर गाँव से बाहर अशोक वृक्ष के नीचे प्रभु ध्यानस्थ हो गए। वहाँ से मेढ़िया ग्राम होकर कौशाम्बी पधारे।

कौशाम्बी में पौष कृष्णा प्रतिपदा के दिन प्रभु ने अपने जीवन का घोर अभिग्रह किया। वे अभिग्रह इस प्रकार थे -

सिर मुंडित हो
हाथ, पाँवों में बेड़ियाँ हो
तीन दिन की भूखी हो
एक पैर देहली के अंदर, दूसरा बाहर हो
सूपड़े में उड़द के बाकुले हो
भिक्षा समय के बाद द्वार के बीच में खड़ी हो
राजकुमारी हो, पर दासी बनी हो
रोती भी हो, हँसती भी हो

प्रभु महावीर कौशाम्बी के सभी कुलों में जाकर वापस लौट आते थे। एक दिन प्रभु कौशाम्बी नरेश के अमात्य सुगुप्त के घर पधारे। उनकी पत्नी नंदा प्रभु की परम भक्त थी। उसे पता चला कि चार मास से प्रभु का यह क्रम प्रतिदिन चल रहा है। नंदा के घर आकर भी प्रभु वापस लौट गए। वह अत्यंत दुःखी हो गयी। प्रभु के मनोगत भावों को जानकर उनका पारणा कराने की विनंती उसने अपने पति से की। अमात्य सुगुप्त, राजा शतानीक और अन्य मंत्रियों ने बहुत प्रयत्न किये परन्तु

वे असफल रहे। कौशाम्बी की महारानी मृगावती प्रभु की मौसी थी।

पाँच मास, पच्चीस दिन बाद प्रभु धन्ना सेठ के घर पहुँचे। वहाँ राजकुमारी चन्दना हथकड़ियों में बंद थी। वह तीन दिन की भूखी, प्यासी, सर मुंडा हुआ, उड़द के बाकुले सूपड़े में लेकर संत अतिथि की राह देख रही थी। प्रभु को देखकर वह अत्यंत हर्षित हुई किन्तु प्रभु को रूखी-सूखी भिक्षा मिलेगी ये सोचकर उसकी आँखों में आँसू आ गए। भगवान महावीर के अभिग्रह पूर्ण हो गए। उड़द के बाकुले से उन्होंने पारणा किया। सम्पूर्ण प्रजा एवं राजा प्रसन्न हो गए। महावीर का अभिग्रह पूर्ण कराने के कारण चन्दना की हथकड़ियाँ स्वयं टूट गई, आभूषणों का रूप बन गई। उसके नए केश आ गए।

राजकुमारी चन्दना को महावीर की प्रथम साध्वी माना जाता है। चन्दना के माध्यम से प्रभु महावीर ने समस्त नारी जाति का उद्धार किया। स्त्री को स्वतंत्र अधिकार दिया। सामाजिक, धार्मिक क्षेत्र में उनको बराबरी का स्थान दिया।

इसके बाद प्रभु चम्पानगरी पधारे। वहाँ स्वातिदत्त ब्राह्मण की यज्ञशाला में वर्षावास किया। चातुर्मासिक तप किया। इस तप के प्रभाव से पूर्णभद्र और मणिभद्र यक्ष प्रभु के भक्त बनकर उनकी सेवा में रहने लगे। प्रभु के तप को देखकर ब्राह्मण स्वातिदत्त को महावीर की महान योग्यता का परिचय हुआ। उसने अपने मन में वर्षों से उत्पन्न प्रश्नों का समाधान प्रभु से ग्रहण किया। प्रभु के प्रति उसके मन में श्रद्धा उत्पन्न हुई।

वर्षावास समाप्ति के पश्चात् प्रभु मेढ़ियाग्राम पधारे। नगर के बाहर ध्यानस्थ हुए। एक ग्वाला उसी स्थान पर बैल लिए घूम रहा था। उसे कुछ आवश्यक कार्य से घर जाना था। प्रभु को देख कर उसकी चिंता मिट गयी। वह प्रभु के भरोसे अपने बैल छोड़कर निकल गया। घास खाते खाते बैल जंगल में दूर चले गए। शाम को ग्वाला थककर उसी स्थान पर वापस आया। बैल न देखकर उसने महावीर से पूछा, क्या आपने मेरे बैल देखे है? साधना में तल्लीन हुए प्रभु ने कोई उत्तर नहीं दिया। ग्वाला बहुत क्रोधित हो गया। प्रभु के कानों में उसने तीक्ष्ण कीलें गाढ़ दी। प्रभु ने शांति से सब सहन किया।

असाधारण वेदना लेकर प्रभु भिक्षार्थ घूम रहे थे। सिद्धार्थ वणिक और उसके मित्र खरक वैद्य ने प्रभु को देखा। उन्होंने प्रभु को वंदन किया। खरक वैद्य ने कहा, "सुन्दर लक्षणों वाले प्रभु सशल्य है।" उसने सिद्धार्थ के कहने पर प्रभु के पवित्र शरीर का निरीक्षण किया। किसी दुष्ट ने इस तपस्वी के कानों में कीले ठोक दी थी। उसे कारण समझ में आ गया। सिद्धार्थ के साथ उसने कीले निकालने की योजना

बनायीं। लेकिन प्रभु अस्वीकृति देकर जंगल की ओर चले गए। वहाँ ध्यानस्थ हो गए। सिद्धार्थ और खरक उनके पीछे वहाँ पहुँच गए। ध्यानस्थ प्रभु के कानों से उन्होंने कीलें निकाल दीं। दोनों कानों से खून के फव्वारे छूट पड़े। महावीर के मुख से एक भयंकर चीख निकली। वैद्य ने शीघ्र ही संरोहण औषधी से खून को बंद कर दिया। घाव पर दवा लगाई। फिर दोनों ही प्रभु को श्रद्धापूर्वक नमन करते हुए क्षमा माँगकर घर चले गए। धन्य है ऐसे भक्त और भगवान।

अध्याय ६

सम्पूर्ण ज्ञान प्रकाश एवं धर्म-संघ स्थापना

•

महावीर द्वारा निरावरण ज्ञान की प्राप्ति

•

मानव उत्थान का दिव्य उपहार : समवसरण

•

महावीर द्वारा धर्म-संघ स्थापना

•

इंद्रभूति गौतम सहित ११ पंडित ब्राह्मण श्रमण संस्कृति में दीक्षित

महावीर द्वारा निरावरण ज्ञान की प्राप्ति

साढ़े बारह वर्ष से प्रभु महावीर तप कर रहे थे। जन्म-मरण की परंपरा को समाप्त करने के लिए, शाश्वत सुख को पाने के लिए तथा आत्मा से परमात्मा बनने के लिए उनकी यह साधना थी। मनुष्य जीवन की श्रेष्ठता का यह शिखर था। उनकी क्षमा, सहनशीलता, सरलता, मृदुता, कषायहीनता चरम पराकाष्ठा तक पहुँच गयी थी। यह कठोर साधना फलीभूत होने का समय अब निकट आ गया था।

केवलज्ञान प्राप्ति

सुव्रत नाम का वैशाख शुक्ला दशमी का दिन था। प्रभु जृंभीय गाँव पधारे। गाँव के बाहर ऋजुबालिका नामक नदी बहती थी। उसके किनारे एक वृक्ष के नीचे प्रभु ध्यानमग्न बैठे थे। दिन का चतुर्थ प्रहर था। तप्तभूमि क्रमशः शीतल होती जा रही थी। विजय मुहूर्त था। महावीर का निर्जल बेला (दो उपवास) चल रहा था। गोदोहन आसन में वें ध्यानमग्न थे। प्रभु राग-द्वेष आदि कषायों से ऊपर उठ चुके थे। साधना के निर्णायक पल थे। उपलब्धि के क्षण समीप थे।

४२ वर्षीय महावीर के सामने से सारे आवरण हटते चले जा रहे थे। सत्य प्रकट हो रहा था। वे जिज्ञासायें तुष्ट हो रही थी जिनके लिए वे अब तक व्यग्र थे। उन प्रश्नों के उत्तर उनके हृदय में ध्वनित होने लगे। प्रभु को केवलज्ञान का अनंत आलोक आनंदित कर रहा था। वे केवलज्ञान की गरिमा से मंडित हो गए थे। यह बहुत ही मंगल दिन था। सामान्य देहधारी मनुष्य अपने पुरुषार्थ के बल पर साधना के सर्वोच्च शिखर पर आरूढ़ हो गया था। महावीर अब केवलज्ञानी, सर्वज्ञानी, सर्वदर्शी हो गए थे। प्रभु के आलोकमय केवलज्ञान का प्रकाश फैलते ही कुछ क्षणों के लिए स्वर्ग, नरक और मनुष्यलोक में प्रकाश सा फ़ैल गया।

सर्व देवताओं ने इस महत्वपूर्ण घटना का उत्सव मनाया। उन्होंने 'समवसरण' की रचना की। समवसरण तीर्थंकर अरिहंत केवली को ही प्राप्त होता है, सामान्य केवली को नहीं। फिर सम्पूर्ण आयु देवता गण उनके लिए समवसरण की रचना करते रहते हैं। समवसरण की सारी रचना तीर्थंकर की बाह्य शक्ति को प्रदर्शित करती है। सामान्य केवली तीर्थंकर की उपस्थिति में किसी प्रकार का उपदेश भी नहीं करते हैं। वे तो आत्मभाव में ही लीन रहते है। समवसरण का ऐसा वर्णन किसी अन्य धर्म में देखने को नहीं मिलता है।

तीर्थंकर महावीर

मानव उत्थान का दिव्य उपहार : समवसरण

समवसरण की रचना प्राचीन काल की व्यवस्था है। इसके निर्माण की जिम्मेदारी मनुष्यों पर न होकर, देवों पर होती है। समवसरण वह स्थान है जहाँ तीर्थंकर प्रभु बिराजमान होते हैं तथा धर्म उपदेश देते हैं। भगवान के पधारने से पहले देवगण उसकी रचना कर देते हैं। तीर्थंकर परमात्मा की सेवा में स्वयं इंद्र उपस्थित रहते हैं। अन्य देवता परिवारसहित प्रभु का धर्मोपदेश सुनने आते हैं। समवसरण में एक योजन (१२ किलोमीटर) के क्षेत्र में लाखों मनुष्य, पशु व देवी-देवताओं के बैठने की व्यवस्था होती है। तीर्थंकरों के दर्शन, चिंतन व स्पर्शन से सम्यकत्व दृढ़ होता है, शुभ भाव प्रकट होते हैं, आपसी वैर, विरोध स्वयमेव समाप्त हो जाता है। समवसरण तीर्थंकर परमात्मा की धर्म परिषद् है, जहाँ सब प्रकार के जीव सम्यक रूप से एक जगह मिलते है।

भगवती सूत्र और औपपातिक सूत्र में समवसरण में आने का फल बताया गया है। गणधर गौतम कहते हैं, "हे देवानुप्रिय, समवसरण हमारे लिए महाफल का कारण है। अरिहंत भगवंतों का नाम, गोत्र सुनना भी महाफल रूप है। फिर उनके सम्मुख वंदन, नमन, परिपृच्छा (प्रतिप्रश्न), पर्युपासना का तो कहना ही क्या? तीर्थंकरों के मुख का एक भी सुवचन का श्रवण बहुत बड़ी, अनमोल बात है। यह हमारे लिए जन्म जन्मांतर में हितकर, सुखकर, शान्तिप्रद, मोक्षप्रद होगा।

समवसरण की रचना अभूतपूर्व होती है। अभियोग्य (सेवक) देव खुद इसकी रचना करते हैं। समवसरण क्षेत्र की एक योजन परिमंडल भूमि को देव साफ़ करके वहाँ सुगन्धित जल और पुष्प वृष्टि करते हैं। उस क्षेत्र के चारों दिशाओं में मणि, कनक, रत्नों से जटित चार मुख्य द्वार बनाये जाते हैं। उन द्वारों पर सुशोभित छत, स्तम्भ, पुतलिका, मकर, सुख ध्वज और स्वस्तिकादि चिन्हों की रचना की जाती है। देवताओं के इंद्र रत्नों के तीन परकोटे बनाते हैं। इसमें से पहला परकोटा चाँदी का, दूसरा सोने का और तीसरा परकोटा रत्नमय होता है। क्षेत्र के सभी दिशाओं में अगरु, चन्दन आदि गंध की धूपदानी स्थापित की जाती है।

मध्य भाग में भगवान के शरीर से १२ गुना ऊँचा अशोक वृक्ष स्थापित किया जाता है। इसका निर्माण ईशानदेव करते हैं। वृक्ष से नीचे सर्वरत्नमय पीठ बनाया जाता है। पीठ के ऊपर चैत्य वृक्ष का निर्माण किया जाता है। पादपीठ सहित मणि सिंहासन और उस पर तीन छत्र बनाएँ जाते हैं। उसके दोनों ओर बलेंद्र और चामर देव चामर हाथ में लेकर खड़े रहते हैं। सिंहासन के आगे धर्मचक्र स्थापित किया

ज्ञानप्राप्ति के बाद 'समवसरण' (प्रवचनमंडप) में अशोकवृक्ष के नीचे भगवान् का धर्मतीर्थ अद्‌भुत और अमोघ धर्मप्रवचन

जाता है। तीर्थंकर प्रभु के चरणों में आने वाले सभी देव हर्षोल्लास से सिंहनाद करते हैं।

समवसरण में प्रवेश के लिए कुछ नियम तथा विशिष्ट व्यवस्था होती है। उपस्थित सभी मान्यवरों की श्रेष्ठता, ज्येष्ठता ध्यान में रखकर व्यवस्था की जाती है। केवल देव और मनुष्य ही नहीं पशु-पक्षों की तथा सभी प्रकार के वाहनों की पार्किंग का भी विचार होता है।

इस व्यवस्था का क्रम कुछ इस प्रकार रहता है -

- तीर्थंकर पूर्व दिशा से प्रवेश करते हैं। उनके सम्पूर्ण मार्ग में देव कमल (कृत्रिम) स्थापित कर देते हैं। उसी पर पैर रखकर वे चलते हैं।
- तीर्थंकर चैत्य वृक्ष की प्रदक्षिणा करके पूर्व दिशा में मुख कर बैठ जाते हैं।
- शेष तीन दिशाओं में देव अपनी शक्ति से तीर्थंकर की प्रतिमायें स्थापित करते हैं ताकि लोगों को चारों दिशाओं में भगवान दिखाई दे।
- भगवान के चरणों में गणधर (प्रमुख शिष्य) प्रणाम कर बैठते हैं।
- केवली और अतिशय ज्ञानी (विशिष्ट ज्ञानी) मुनि पूर्व द्वार से प्रवेश कर तीन बार प्रभु को प्रदक्षिणा देकर गणधरों के पीछे बैठते हैं।
- तत्पश्चात् अवधिज्ञानी, मनःपर्यवज्ञानी आदि पूर्व द्वार से आकर, प्रभु को वंदन करके विशिष्टज्ञानी साधुओं के साथ बैठ जाते हैं।
- पुनः साध्वियाँ भी पूर्व द्वार से आकर प्रभु तथा ज्ञानी साधुओं को वंदना कर वैमानिक देवों के पीछे श्रद्धावश खड़ी रहती हैं।
- वैमानिक देवियाँ भी साध्वियों की तरह ही आ कर वंदन करके खड़ी रहती हैं।
- पश्चिम द्वार से भवनपति, ज्योतिषी तथा व्यंतर देव प्रवेश कर प्रभु की प्रदक्षिणा और वंदन करके क्रमशः बैठ जाते हैं।
- उत्तर द्वार से वैमानिक देव, मनुष्य पुरुष एवं स्त्रियाँ भगवान को तीन प्रदक्षिणा, वंदन करते हैं। उत्तर-पूर्व दिशा में आगे वैमानिक देव, उनके पीछे मनुष्य, फिर स्त्रियाँ अपने नियत स्थान पर बैठते हैं।

समवसरण में सभी जीव एक दूसरे के प्रति सद्भावों से पूरित होते हैं। आपस के वैर भाव से मुक्त रहते हैं। उन्हें एक दूसरे से कोई भय नहीं रहता।

समवसरण के दूसरे परकोटे में सभी प्रकार के पशु-पक्षी बैठते हैं। ये सभी पंचेन्द्रिय होते हैं। तृतीय परकोटे में देव तथा मनुष्यों के वाहन खड़े होते हैं। इतनी भीड़ होने पर भी समवसरण का वातावरण अत्यंत शांत एवं सुव्यवस्थित होता है।

समवसरण के प्रभाव से १२ योजन दूरी तक में रहे हुए साधु चलकर प्रभु के दर्शन तथा उपदेश श्रवण करने आते हैं। यदि कोई समवसरण में नहीं आता है तो उसके व्यवहार सम्यक् दर्शन में चल, मल और अगाढ़ दोष की संभावना होने से उसकी शुद्धि में चार उपवास का प्रायश्चित्त है।

समवसरण में प्रभु का स्वरुप अतिशय सुन्दर होता है। यदि समस्त देवलोक के देव भी सम्पूर्ण शक्ति लगाकर ऐसा रूप बनाना चाहे तो वह प्रभु के अंगूठे का जैसा रूप भी नहीं बना सकते, ऐसा उदाहरण शास्त्रकार इस विषय में देते हैं। भगवान का उत्कृष्ट रूप देखकर सबको बड़ी प्रसन्नता होती है।

समवसरण में सबसे पहले प्रभु को, उपस्थित साधु-साध्वी, श्रावक-श्राविका आदि विनयपूर्वक वंदन करते हैं। जनता की प्रचलित लोकभाषा में (महावीर के समय में अर्ध मागधी) उपदेश करते है। पशु-पक्षी भी उसे अपनी भाषा में समझ लेते हैं। तीर्थंकर की वाणी ३५ विशिष्ट गुणों से युक्त कहीं गई है। एक योजन तक दसों दिशाओं में सहज सुनी जा सकती है। तीर्थंकर का उपदेश कभी खाली नहीं जाता। उपदेश का प्रभाव मन पर इस प्रकार जम जाता है कि परिणामस्वरूप लोग यथा शक्ति व्रत ग्रहण करते हैं, उपदेश अमृत का फल पाते हैं। अर्थात् वे त्याग करते हैं, साधु अथवा श्रावक (गृहस्थ) दीक्षा ग्रहण करते हैं।

समवसरण के प्रथम प्रहर में तीर्थंकर उपदेश देते हैं। उपदेश के बाद वे उत्तर द्वार से द्वितीय परकोटे में पूर्व दिशा में विराजित होते हैं। दूसरे प्रहर में गणधर धर्मकथा करते हैं। वे समवसरण में भेंट किये गये सिंहासन अथवा तीर्थंकर सिंहासन के पादपीठ पर बैठते हैं। तीर्थंकरों के उपदेशों का दोहन (सारांश) गणधर करते हैं। श्रोताओं द्वारा पूछे गए प्रश्नों का समाधान करते हैं। समवसरण में सभी जीवों को ज्ञान की कुछ न कुछ बातें अवश्य मिलती है।

महावीर द्वारा धर्म-संघ स्थापना

केवलज्ञान प्राप्ति के आगामी दिन प्रातःकाल ही प्रभु अपापा नगरी के बाहर जो रमणीक उद्यान था वहाँ पधारे। उन्हीं दिनों नगर में एक विशाल यज्ञ का आयोजन किया गया था। सोमिल ब्राह्मण की अध्यक्षता में आयोजित इस यज्ञ में इंद्रभूति गौतम तथा अन्य ग्यारह गणमान्य विद्वान सम्मिलित हुए थे।

अपापा नगरी में मानो दो भिन्न धर्म पंथों का, दो संस्कृतियों का, दो विचार धाराओं का संगम हुआ था। नगर-बाह्य उद्यान में प्रभु महावीर का समवसरण लगा

हुआ था। सामान्य जनों को उनकी अपनी लोकभाषा में प्रभु का प्रभावी धर्मोपदेश सुनने को मिल रहा था। प्रभु महावीर के प्रवचन क्रम में लोगों को जैसे जीवनामृत मिल रहा था। उनका धर्मोपदेश कुछ इसप्रकार था -

- **अहिंसा** - किसी भी जीव को नहीं सताना। सबसे मैत्री का भाव रखना।
- **सत्य** - मिथ्या, असत्य और कटुवाणी का प्रयोग नहीं करना। किसी का गोपनीय रहस्य प्रकट नहीं करना और सदा मधुर सत्य का भाषण करना।
- **अस्तेय** - वस्तु चाहे मूल्यहीन और क्षुद्र हो अथवा मूल्यवान और महत्वपूर्ण हो, उसे उसके स्वामी की अनुमति के बिना ग्रहण नहीं करना।
- **ब्रह्मचर्य** - शील युक्त आचरण करना। नारी को भोग का साधन नहीं मानना। वासना से ऊपर उठना।
- **अपरिग्रह** - भोगोपभोग के साधनों का संग्रह नहीं करना। साधनों पर ममत्व और आसक्ति भाव नहीं रखना।

इंद्रभूति गौतम सहित ११ पंडित ब्राह्मण श्रमण संस्कृति में दीक्षित

उधर महायज्ञ भी बड़े हर्षोल्लास से हो रहा था। इंद्रभूति गौतम वेद मंत्रोच्चारण के साथ यज्ञाहुति दे रहे थे। यहाँ पंडितगण संस्कृत भाषा में उपदेश दे रहे थे। संस्कृत भाषा पुरातन होने के कारण अप्रचलित हो गयी थी। इस वज़ह से सामान्य जन इन पंडितों द्वारा किये गए उपदेशों का लाभ नहीं ले पा रहे थे। इंद्रभूति गौतम को अपने पाण्डित्य का अहंकार था। यज्ञ के समय जब आकाश में देवताओं की विमानें दिखाई दीं तब उसे देखकर इंद्रभूति प्रसन्न होकर झूम उठे और बोले, "देखो मेरे मंत्रो की शक्ति। देवता तक मेरे इस यज्ञ में सम्मिलित होने के लिए धरती पर आ रहे हैं।" लेकिन उनका यह आनंद शीघ्रही लुप्त हो गया। क्योंकि देवताओं के विमान यज्ञस्थल से आगे निकल गए। यह देखकर इंद्रभूति का अहंकार समाप्त हुआ। उन्हें सोमिल ब्राह्मण से वर्धमान महावीर के समवसरण के बारे में पता चला। देवताओं को आकर्षित करने वाला, वेद-ब्राह्मणों को टक्कर देने वाला यह कौन महावीर प्रकट हुआ ऐसा सोचने लगे। महावीर से मिलने इंद्रभूति गौतम यज्ञ स्थल छोड़कर अपने ५०० शिष्यों के साथ समवसरण में आ गए। उनके प्रवेश के साथ ही प्रभु ने प्रश्न किया, "गौतम आ गए?" अपना नाम प्रभु के मुख से सुनकर गौतम सोचने लगे, "अपना पाण्डित्य दिखाने के लिए इन्होंने मुझे नाम से

आत्मा, परलोक, स्वर्ग, नरक आदि है या नहीं इस विषय की चर्चा करके समाधान पाने के लिये आये हुए ११ विद्वान ब्राह्मण

पुकारा है। प्रमुख पुरोहित वेदपंडित इंद्रभूति को कौन नहीं जानता?'' प्रभु महावीर ने पुनः कहा, ''गौतम, अपने मन में वेदों के प्रति शंका लिए तुम मेरे पास आये हो। तुम्हें आत्मा के अस्तित्व को लेकर शंका है। क्योंकि तुम मानते हो कि अगर आत्मा का अस्तित्व है तो वह छायादि पदार्थों की तरह प्रत्यक्ष क्यों नहीं? वह तो आकाशकुसुम की तरह सर्वथा अप्रत्यक्ष है। अतः इसे स्वीकार नहीं किया जा सकता।'' इंद्रभूति बोले, ''हाँ आर्य। मेरे मन में इस विषय में हमेशा शंका बनी रहती है। 'विज्ञानघन एवैतेभ्यो भूतेभ्यः समुत्थाय नान्देवातु विनश्यति न प्रेत्य संज्ञास्ति' यह वेद वाक्य भी समर्थन करते हैं कि भूत समुदाय में चेतन पदार्थ उत्पन्न होता है और उसी में लीन हो जाता है। परलोक की कोई संज्ञा नहीं। भूत समुदाय से ही विज्ञानमय आत्मा की उत्पत्ति का अर्थ तो यही है कि भूत समुदाय के अतिरिक्त पुरुष का अस्तित्व नहीं। मैंने यह श्रुति वाक्य पढ़ा है, 'स वै अयमात्मा ज्ञानमयः' इसमें आत्मा का अस्तित्व सिद्ध होता है। क्योंकि विज्ञानघन इत्यादि श्रुति वाक्य को प्रमाण मानकर भूत शक्ति को ही आत्मा माना जाये या आत्मा का स्वतंत्र अस्तित्व माना जाये।''

प्रभु ने इंद्रभूति गौतम को समझाया, ''विज्ञानघन आदि का जैसा अर्थ आप लगा रहे हो वैसा यह अर्थ नहीं है। तुम्हारे अर्थ से परस्पर विरोध झलकता है। विज्ञानघन इस श्रुति वाक्य का अर्थ और ही है। विज्ञानघन का अर्थ पृथ्वी आदि भूत समुदाय से उत्पन्न 'चेतनापिण्ड' ऐसा तुम करते हो, परन्तु विज्ञानघन का तात्पर्य ज्ञान-पर्याय से है। आत्मा में प्रतिक्षण नवीन ज्ञान-पर्याय का आविर्भाव तथा भूतकालिक ज्ञान-पर्यायों का तिरोभाव होता रहता है। जैसे एक मनुष्य घट को देखता है, उसका चिंतन करता है, उस समय उसकी आत्मा में घट-विषयक ज्ञानोपयोग होता है, जिसे हम घट विषयक ज्ञान-पर्याय कहते हैं। अब वही मनुष्य पटादि अन्य पदार्थों को देखेगा तब उसे पटादि का ज्ञान होगा और पूर्वकालीन ज्ञानतिरोहित हो जायेगा। अन्यान्य पदार्थ विषयक ज्ञान के पर्याय ही विज्ञानघन है, जो भूतों से उत्पन्न होते हैं। यहाँ भूत का अर्थ पृथ्वी, जल, अग्नि, वायु और आकाश आदि केवल पंचभूत नहीं तो समस्त जड़ चेतन का ज्ञेय पदार्थ है।

'न प्रेत्य संज्ञास्ति' इस वेद वाक्य का अर्थ परलोक की संज्ञा नहीं है। वास्तव में इसका अर्थ है पूर्व पर्याय का उपयोग नहीं है। जब मनुष्य से नए नए ज्ञान-पर्याय उत्पन्न होते हैं तो पूर्वकालीन उपयोग तिरोहित हो जाने से उसकी स्मृति पर स्फुटित नहीं होते। इसी अर्थ को लक्ष्य रखकर 'न प्रेत्य संज्ञास्ति' कहा गया है।''

महावीर के मुख से यह स्पष्टीकरण सुनने के बाद इंद्रभूति का समाधान हो

गया। दोनों हाथ जोड़कर उन्होंने प्रभु से कहा, "प्रभु, आप मुझे शिष्य बनाने की अनुकम्पा करें। मैं आपकी वाणी सुनने को उत्सुक हूँ।" और इस प्रकार इंद्रभूति गौतम ने अपने ५०० शिष्यों सहित प्रभु से दीक्षा ग्रहण की।

इंद्रभूति द्वारा प्रभु महावीर से दीक्षा ग्रहण करने की बात वायुवेग से समस्त नगर में फ़ैल गईं। गली, बाजार, चौराहे पर इसी एक विषय पर जन-चर्चा हो रही थी। उधर यज्ञशाला में सोमिल ब्राह्मण सहित अन्य पंडितों की सभा बुलाई गई। जिस तरह हो सके इंद्रभूति गौतम और उनके शिष्यों को वर्धमान महावीर के प्रभाव से मुक्त किया जाये, ऐसा उस सभा में तय हुआ। यह धर्म रक्षा का प्रश्न था। उसी अनुष्ठान में इंद्रभूति के दो भाई - अग्निभूति और वायुभूति भी बैठे थे। इंद्रभूति ने प्रभु महावीर को गुरु मान लिया यह बात वेद परंपरा के विरुद्ध है, ऐसा इन भाईयों को लग रहा था। वे दोनों अपने भाई को मुक्त कराने के लिए अपने शिष्यों के साथ महावीर के समवसरण स्थल गए और स्वयं भी भगवान के प्रति पूर्णतया समर्पित हो गए। तत्पश्चात् ११ गणधरों ने अपने शिष्यों के साथ उसी दिन प्रभु से दीक्षा ली।

जिस समय प्रभु महावीर को केवलज्ञान की प्राप्ति हुई थी, तब उनकी आयु ४२ वर्ष की थी। और समवसरण में उनसे दीक्षा लेनेवाले ११ में से ९ गणधर उम्र में उनसे बड़े थे। वे सभी कुलीन पंडित थे। सभी गणधर अध्यापक तो अच्छे थे, पर अच्छे गुरु नहीं बन पाए थे। वे पढ़ा सकते थे, पर पढ़ते हुए उनके मन में जो शंका उत्पन्न हो रही थी, उसके निराकरण के लिए उन्होंने कोई प्रयत्न नहीं किया था। ऐसा न करने का कारण था उनका जाति अहंकार। स्वयं ब्रह्मा ने ब्राह्मणों का निर्माण किया है, फिर वह कभी गलत कैसे हो सकता है, यह भ्रम ही उनको पीछे खींच रहा था। प्रभु महावीर ने उनके प्रश्नों का निराकरण करके उनका समाधान किया। शरीर एवं आत्मा से लेकर देवों के अस्तित्व तक और पञ्चमहाभूतों से लेकर इहलोक, परलोक तक विविध प्रश्नों का पंडितों के प्रश्नों में समावेश था। प्रभु के उपदेश का प्रभाव अहिंसा का था, जोर जबरदस्ती का नहीं। उन्होंने अपने अनुपम ढ़ंग से सबको प्रभावित किया था। अपापा नगरी एक महत्वपूर्ण घटना की साक्षी बनी हुई थी।

प्रभु महावीर क्षत्रिय थे। वे अज्ञान अंधकार मिटाने ही पृथ्वी पर आये थे। उनकी लड़ाई किसी व्यक्ति के विरुद्ध नहीं, अन्याय तथा रूढ़ि-परम्पराओं के विरुद्ध थी। फिर ऐसा मंगलकारी दिन आया, जब उनका प्रभावी उपदेश सुनकर एक नहीं ४ हजार ४४० ब्राह्मणों ने प्रभु महावीर के चरणों में स्वयं को समर्पित कर दिया। प्रभु से दीक्षा लेने वाले इंद्रभूति गौतम बाद में महावीर के धर्मतीर्थ के प्रमुख

साधु कहलाए। श्वेताम्बर जैन साहित्य के अनुसार गणधर सुधर्मा का स्थान भी महत्वपूर्ण है। इंद्रभूति गौतम के साथ जिन ११ गणधरों ने महावीर से दीक्षा ग्रहण की उसी में एक थे गणधर सुधर्मा। सुधर्मा की कृपा से ही प्रभु महावीर का उपदेश सुरक्षित रह सका। उन्होंने प्रभु से जो सुना, उन्होंने उसे अपने शिष्य अंतिम केवली जम्बू स्वामी को सुनाया।

गौतम यह एक गोत्र का नाम है। गौतम गोत्र में जन्म लेने वाले कई लोगों ने इस नाम को अपने नाम में शामिल कर दिया था। महात्मा बुद्ध को भी गौतम बुद्ध कहते है। गौतम नाम के एक ऋषि वैदिक परंपरा में भी हुए है। विदेशी लेखकों ने इसी भ्रमवश महावीर एवं बुद्ध को एक मान लिया था।

दिगंबर परंपरा के अनुसार इंद्र की प्रेरणा से ११ गणधरों ने प्रभु का शिष्यत्व स्वीकार कर लिया था। इन सबका निर्वाण राजगृही में हुआ। प्रभु महावीर को केवलज्ञान हुआ यह सूचना गमनागमन करने वाले देवों द्वारा चंदना को प्राप्त हुई। वह भी राज्य परिवार सहित पावापुरी पहुँच गई। प्रभु के चरणों में दीक्षा ग्रहण की और ३६ हजार साध्वियों की प्रमुख साध्वी बन गई। श्रावकों में आनंद प्रमुख थे, श्राविकाओं में रेवती, सुलसा, जयंती आदि थीं।

प्रभु महावीर ने साधु के पाँच महाव्रत तथा गृहस्थ के बारह व्रतों का प्ररूपण किया। इसी आचार संहिता पर साधु-साध्वी, श्रावक-श्राविका रूप चतुर्विध जैन संघ की स्थापना हुई।

इस सम्पूर्ण मेटर का संकलन गणी कल्याणविजयजी कृत 'श्रमण भगवान महावीर' इस ग्रन्थ में है। भगवान महावीर के ३० वर्ष के विचरण का विवरण व्यवस्थित रूप से और कहीं नहीं मिलता। उनके इस संकलन को भारतीय तथा विदेशी सभी लेखकों ने स्वीकार किया है।

अध्याय ७

तीर्थंकर महावीर के दिव्य संदेश

•

अहिंसामय जीवनशैली

•

वर्ण-व्यवस्था और महावीर

•

पर्यावरण और महावीर

•

नीति शास्त्र को भगवान महावीर की देन

•

सर्व समन्वयवाद अर्थात् स्याद्वाद एवं अनेकांतवाद

अहिंसामय जीवनशैली

भगवान महावीर के तीन प्रमुख सिद्धांत हैं - अहिंसा, अपरिग्रह और अनेकांतवाद। हर मनुष्य को इन्हें अपने जीवन मे व्यावहारिक दृष्टि से अपनाना चाहिए। अहिंसा और अपरिग्रह जीवन के आचरण को पवित्र बनाने की जीवन शैली है। यहाँ हम अहिंसा की चर्चा करने जा रहे हैं तथा जीवन में अहिंसा को व्यावहारिक रूप कैसे दे सकते हैं उसकी भी चर्चा करेंगे।

जो हिंसा नहीं है, वह अहिंसा है। हिंसा और अहिंसा के तीन प्रकार है - मानसिक, वाचिक और कायिक। हिंसा में आतंक, नफ़रत, मार-काट, व्यभिचार आदि सम्मिलित हैं। अहिंसा में मैत्री, करुणा, प्यार, सहयोग, सद्भावना आदि सम्मिलित हैं। जीवन को निर्दोष अहिंसक एवं मानवता से ओतप्रोत करने के लिए सात व्यसनों का त्याग करना नितांत आवश्यक है। इन सात व्यसनों के नाम हैं - जुआ, मांसाहार, मदिरापान, वेश्यागमन, शिकार, चोरी और परस्त्रीगमन। व्यसन शब्द का अर्थ है विकृत भोजन, विकृत वस्तुओं, आदतों को ग्रहण करना, उनमें लिप्त हो जाना। 'व्यसन' में दो शब्द है - वि+असन। 'वि' का अर्थ है 'विकृत' और 'असन' का अर्थ भोजन तथा ग्रहण है।

जुआ (द्यूतक्रीड़ा) – जुआ का अर्थ है अल्प परिश्रम से अधिक धनप्राप्ति की इच्छा। प्राचीन काल में यह पासों (अक्ष) चौपड़ आदि के रूप में, मुगल काल में शतरंज के रूप में और आधुनिक युग में ताश के पत्तों, रेस, लॉटरी, सट्टा आदि विभिन्न रूपों में खेला जाता है। ऋग्वेद तथा सूत्रकृतांगसूत्र में भी इसे त्याज्य बताया गया है। एक पाश्चात्य चिंतक ने इसे लोभ का पुत्र तथा फिजूलखर्ची का पालक कहा है - 'Gambling is the child of avarice, but the parent of prodigality.' जुए का धन व्यक्ति को बुरी आदतों की तरफ ढ़केलता है। उसके व्यक्तिगत जीवन का पतन कर देता है।

मांसाहार – मांसाहारी मानव उन पशुओं के प्रति अपराधी होता है जिनका वह हनन और भक्षण करता है। हृदय की क्रूरता, शत्रुता तथा वैर उसे घोर अनैतिक, पतित बना देती है। धर्मशास्त्र में इसे 'पाप' की संज्ञा दी जाती है। मांसाहार का फल स्थानांग सूत्र में नरक गमन बताया है। आहार शास्त्र की दृष्टि से मांसाहार तामसिक भोजन है। मनोविज्ञान के अनुसार इससे वृत्तियाँ उत्तेजित होती हैं। स्वास्थ्य और विज्ञान की दृष्टि से यह हानिकारक एवं रोगों का घर है। धर्मशास्त्र के अनुसार समस्त शुद्धता के नाश का कारण है मांसाहार। अतः यह त्याज्य है।

मद्यपान – वे सभी द्रव्य एवं पेय पदार्थ जो बुद्धि को लुप्त कर देते हैं, ढंक देते हैं, वे मद्य कहलाते हैं। इनमें मदिरा प्रमुख है, किन्तु भांग, गांजा, अफीम, चरस, ताड़ी, हैरोइन, ब्राउन शुगर, कोकेन आदि पदार्थ शामिल हैं। ये सभी पदार्थ यथार्थ जगत् से सम्बन्ध तोड़कर मानव की चेतना को किसी दूसरे लोक की सैर कराने लगते हैं। शराब का सबसे बुरा असर मस्तिष्क और हृदय पर पड़ता है। इससे शरीर जर्जरित हो जाता है। विचारक कहते हैं, मदिरापान स्वेच्छा से अपनाया हुआ पागलपन है। मदिरा अंदर जाती है तब बुद्धि बाहर निकल जाती है। प्रसिद्ध दार्शनिक बेकन ने सच ही कहा है - 'संसार की समस्त सेनायें, सभ्यता एवं संपत्ति का सर्वाधिक नाश का कारण मदिरा है। कई देश मदिरा की तरल आग में भस्म हो गए हैं।' नीतिशास्त्र, धर्मशास्त्र, आचारशास्त्र कहते हैं कि मदिरापान से एक ही चीज प्राप्त होती है, वह है बरबादी। मदिरा के जाल में फंसे व्यक्ति को केवल तिरस्कार ही मिलता है।

वेश्यागमन – वेश्या का दूसरा नाम है गणिका। वेश्या को दीपशिखा भी कहा जाता है। पुरुष उस पर अपना धन, मान, मर्यादा स्वाहा कर देते हैं। वेश्या का ध्येय मात्र धन-दोहन है। वेश्या से वेश्यागामी व्यक्ति को कई प्रकार के यौन रोग लग जाते हैं। उनमें से कई रोग उनकी संतान में भी संक्रमित होते हैं। वेश्या और वेश्यागामी लोगों से समाज में अनैतिकता फैलती है।

शिकार – शिकार क्रूरतम वृत्ति का जघन्यतम रूप है। समस्त क्रूरता तथा कठोरता दुर्बलता में से जन्म लेती है। जो छिपकर घात करे, बन्दूक से गोली चलाएँ वह कायर ही तो होता है। मनोरंजन तो वह है जिसमें आप स्वयं भी प्रसन्न हो और दूसरों को भी ख़ुशी बांटे। मनोरंजन के नाम पर यदि कोई किसी के प्राण हरे तो वह कैसा अनुभव करेगा? मानव की इस शिकार लिप्सा ने प्रकृति के साथ खिलवाड़ किया है, पर्यावरण का नैसर्गिक संतुलन बिगाड़ दिया है।

आज शिकार के नये रूप, नये बहाने नजर आते हैं। मनोरंजन के साथ ही मनुष्य अपने दिखावे के लिए तथा दैनंदिन उपयोग के लिए ऐसी बहुत चीजें, वस्तुएँ बनाता है जो पशुओं की हत्या करके बनायी जाती हैं। दूसरी तरफ आतंकवाद, बाल-शोषण, स्त्री-शोषण आदि विविध प्रकार भी शिकार के ही परोक्ष रूप है। यह घोरहिंसक, दूसरों को प्राणान्तक पीड़ा देनेवाला शिकार व्यसन त्याज्य है।

चोरी – मालिक की आज्ञा अथवा अनुमति के बिना उसकी नजर बचाकर धन, वस्तु, व्यक्ति को उठा लेना मतलब चोरी है। अपने अधिकार का गैर उपयोग करना, लूट-मार करना, चतुराई से धन-दौलत चुरा लेना, ये सब चोरी है। सरकारी

नौकरी करते हुए महत्वपूर्ण जानकारी, वस्तुओं, प्रामाणिक दस्तावेजों, संधिपत्रों आदि को गलत व्यक्ति, देश को पहुँचाना अथवा उनसे मंगवा लेना भी तस्करी है। जबरदस्ती कर वसूली करना अपराध है, चोरी है। वस्तुओं में मिलावट करना, नकली माल देना, हेराफेरी करना, उचित मूल्यों से अधिक मूल्य लेना आदि कर्मों को भी चोरी ही कहते हैं। कई रूपों में चोरी सामने आती है।

उत्तराध्ययन सूत्र के ३२ वें अध्याय में स्पष्ट कहा है - लोभ के कारण ही मनुष्य चोरी करता है। जो अपनी बुद्धि, कुशलता और श्रमशीलता से धन कमाना नहीं चाहता अथवा कमा नहीं सकता, तथा विषयों में अतृप्त और परिग्रह के संग्रह में आसक्त है ऐसा व्यक्ति ही चोरी जैसा बुरा कर्म करता है।

चोरी ऐसा अहितकर कृत्य है जिसके प्रभाव से परिवार, समाज, राष्ट्र एवं सम्पूर्ण मानव जाति की हानि होती है। इसे अनार्य व्यवहार तथा प्रिय जनों में भेद करनेवाला बताया है। चोरी करनेवाला स्वयं की नज़रों से गिर जाता है, उसका चारित्रिक पतन सुनिश्चित है।

परस्त्रीसेवन – पर स्त्री मतलब पराई स्त्री अर्थात् दूसरी स्त्री। पर स्त्री का अर्थ समझने के लिए स्व-स्त्री के स्वरुप को समझना आवश्यक है। विधिवत् विवाहित स्त्री को स्व-स्त्री कहा जाता है। पंचों की साक्षी से अथवा अग्नि को साक्षी रखकर जिसके साथ विवाह संस्कार हुआ है वह स्व-स्त्री कहलाती है। उसके अतिरिक्त सब पर-स्त्रियाँ हैं, चाहे वे कुमारी हो, भोग विलासी हो, उनका पति जीवित अथवा मृत हो। ऐसी किसी भी स्त्री के साथ भोग सम्बन्ध रखना पर-स्त्री सेवन व्यसन है।

स्व-विवाहित स्त्री में प्रेम एवं सामाजिक दायित्व की भावना अधिक होती है। सेवा-भावना होती है। पुरुष और स्त्री एक दूसरे के सुख-दुःख के साथी होते हैं। स्त्री को मातृत्व का और पुरुष को पिता का गौरवपूर्ण पद प्राप्त होता है। बच्चों का उचित पालन-पोषण होकर उन्हें धार्मिक, नैतिक सुसंस्कार माता-पिता से मिलते हैं।

स्व-स्त्री घर की लक्ष्मी होती है। उसको उचित मान-सम्मान मिलता है। वह संकट और विपत्ति की घड़ियों में सहायता करती है, उचित सलाह देती है।

परस्त्रीसेवन में पुरुष और स्त्री का स्वार्थ ही प्रधान होता है। इस दोष से पुरुष अविश्वसनीय हो जाता है। उसके घर के लोग भी उस पर विश्वास नहीं करते। अपने ही लोगों की दृष्टि में वह संदिग्ध हो जाता है और उसका चरित्र पतित होता है। धन और बल की हानि के साथ ही शारीरिक स्वास्थ्य भी बिगड़ने लगता है।

आधुनिक समाज शास्त्रियों ने परस्त्रीसेवन के अनेक कारण बताए हैं - क्षणिक

आवेश, अज्ञानता, अश्लील और विकृत साहित्य, कुसंसर्ग, आर्थिक तंगी, धार्मिक अन्धविश्वास, सहशिक्षा, अश्लील चलचित्र, बाल-विवाह, अनमेल विवाह, वृद्धा विवाह, नशीली वस्तुओं का सेवन, एकांतवास और अलग-अलग स्त्रियों के साथ सम्बन्ध बनाने की इच्छा। परस्त्रीसेवन के साथ ही परपुरुषगमन भी सन्निहित है। पुरुष के लिए परस्त्रीसेवन व्यसन जितना त्याज्य है उतनाही स्त्री के लिए परपुरुषगमन भी।

नीतिशास्त्रीय दृष्टिकोण से यह कृति अनैतिक है। ऐसे व्यक्तियों को कर्तव्य का भान नहीं रहता। हर समय उनके मस्तिष्क में केवल काम और स्वार्थपूर्ति की लालसा ही समाई रहती है।

उपसंहार

वर्तमान युग में आधुनिकता का प्रसार हो रहा है। यह आधुनिकता व्यसनों की चरम सीमा तक जा पहुँची है। वेश-भूषा, सौंदर्य प्रसाधन, पहनने-ओढ़ने के ढंग, चित्रपटों के द्विअर्थी संवाद, कामुक नृत्य आदि चीजें जन-जीवन का भाग बन चुकी हैं। कभी कभी तो वेश-भूषा से स्त्री-पुरुष की पहचान ही कठिन हो जाती है। पशु-पक्षियों की हिंसा से बनायीं गई चीजें जीवन की अनिवार्यता बनती चली जा रही है। जुएँ के नित नये रूप सामने आ रहे हैं। शराब का प्रचलन दिनों दिन बढ़ रहा है। अण्डे को आधुनिकता के रंग में रंगे लोग मांस मानने को तैयार ही नहीं है। चोरी, रिश्वत आदि समाज में नीचे से ऊपर तक फ़ैल गये हैं। न किसी को लेने में झिझक, न देने में। सादा जीवन, उच्च विचार का आदर्श केवल कहने भर को रह गया है, आचरण के लिए नहीं।

अतः व्यसनमुक्त जीवन जीनेवाला ही सही मायने में अहिंसक जीवन जी सकते हैं। सुखी और शांत जीवन जीने के लिए मनुष्य को सात्विक और व्यसनमुक्त जीवन अपनाना चाहिए। इससे शारीरिक, मानसिक, पारिवारिक, समाज, राष्ट्र और वैश्विक स्तर पर विकास एवं मानव जाति का लाभ संभव हो सकता है। भगवान महावीर का अहिंसा का यह सिद्धांत आज भी उतनाही महत्वपूर्ण है।

वर्ण व्यवस्था और महावीर

हमारे देश की संस्कृति की विशेषता है विविधता। यहाँ कई विभिन्न संस्कृतियाँ, परम्पराएँ देखने को मिलती हैं। उसमें से एक प्रमुख परंपरा है वैदिक और दूसरी श्रमण। वैदिक परंपरा ईश्वरवादियों की परंपरा है, तो श्रमण स्वावलम्बियों की

परंपरा है। दोनों के मूलभूत तत्व, विचारधारा भिन्न है। जब भगवान महावीर इस लोक में थे तो यज्ञादि में पशुओं की बलि धर्म के नाम पर प्रायः होती थी। इन्हीं हिंसक धर्माचारों के विरुद्ध महावीर ने आवाज उठाई। उन्होंने स्त्री-पुरुष, धनी-दीन, ऊँच-नीच इन सबको धर्म सुनने, समझने और उससे अपनी आत्मा को पवित्र करने का महत्वपूर्ण सन्देश दिया। उनके समय में और आज भी जैन साधु बनने के लिए किसी जात-पांत का भेद नहीं रखा है। जात-पांत को भूलकर जैन साधु की हमेशा इज्जत की गई हैं। महावीर एक ऐसा भारतीय सपूत है जिन्होंने उदारता से मनुष्यजाति को स्वीकार किया था। वे मानते थे कि यदि सम्यक् दर्शन, ज्ञान और चरित्र विद्यमान हो, तो प्रत्येक मनुष्य चाहे उसने रस्मी तौर पर जैन दीक्षा ली है या नहीं, अपनी मुक्ति प्राप्त कर सकेगा।

सामाजिक क्षेत्र में भगवान महावीर ने देखा कि जन्मना जातिभेद के उन्माद ने मनुष्य मनुष्य के बीच दीवारें खड़ी कर दी हैं। तथाकथित उच्च वर्ण के लोग नीच वर्ण वालों से अमानुषिक व्यवहार करते हैं। उच्च जाति के लोग चाहे दुराचारी हो, उन्हें आदर, सम्मान मिलता है लेकिन शूद्र चाहे कितना भी सदाचारी हो, वह इस सम्मान का हक़दार नहीं है। नीच वर्ण के लोगों को आत्मोन्नति का मार्ग बंद कर दिया था। भगवान महावीर की आत्मा यह देखकर तड़प उठी। उत्तराध्ययन में उन्होंने स्पष्ट कहा है -

कम्मुणा बंभणो होइ, कम्मुणा होइ खत्तिओ।
वईसो कम्मुणा होइ, सुद्दो हवई कम्मुणा।।

धर्म के नाम पर हो रहे अन्याय और हिंसा को समाज में मान्यता प्राप्त थी। प्राचीन काल में बनायीं गयी समाज व्यवस्था अब बिगड़ चुकी थी। अर्थ का अनर्थ हो रहा था। वास्तव में वर्ण शब्द का अर्थ आकार या रंग, रूप होता है। प्राचीन ऋषियों ने मनुष्यों के रूप, रंग को नहीं, किंतु उनकी चर्या को मुख्य साधन माना था। भरत चक्रवर्ती ने आदि पुराण में कहा है -

ब्राह्मणाः व्रतसंस्कारात् क्षत्रियाः शस्त्रधारणात्
वणिजोर्थार्जनान्न्यायच्छूद्रा न्यग्वृत्तिसंश्रयात्।।
(आ. पु. पर्व ३८, श्लोक ४६)

अर्थात् जिन्होंने व्रतों को स्वीकार किया है वे ब्राह्मण हैं, जो आजीविका के लिए शस्त्र स्वीकार करते हैं, वे क्षत्रिय है, जो न्यायमार्ग से अर्थार्जन करते हैं, वे

वैश्य है और जो जघन्य वृत्ति स्वीकार करते हैं, वे शूद्र हैं। आचार्य रविषेण ने भी पद्मचरित में कहा है -

व्रतस्थमपि चाण्डालं तं देवा ब्राह्मणं विदुः ।।११।२०।।

इसका अर्थ है, जो चाण्डाल कर्म से आजीविका चलानेवाला है, वह यदि व्रतों को स्वीकार करता है तब उस चाण्डाल को भी ब्राह्मण रूप में स्वीकार करते हैं।

कर्म पर आधारित वर्ण व्यवस्था इतने वर्षों में जन्म पर आधारित हो गयी थी। भगवान महावीर को यह स्वीकार नहीं था। वे कहते थे - जातिभेद मानवता नहीं। कर्म एवं योग्यता के आधार पर ही वर्ण व्यवस्था उन्होंने स्वीकार की थी।

पर्यावरण और महावीर

भगवान महावीर प्रथम व्यक्ति थे जिन्होंने संसार के समस्त जीवों का छह वर्ग में वर्गीकरण किया था।

- पृथ्वीकाय - इसमें पत्थर, मिट्टी, विभिन्न खनिज पदार्थ का समावेश होता है।
- अपकाय - इसमें पानी का समावेश होता है।
- तेजस्काय - इसमें अग्नि का समावेश होता है।
- वायुकाय - इसमें हवा का समावेश होता है।
- वनस्पतिकाय - इसमें हरियाली, पेड़-पौधे इनका समावेश होता है।
- त्रसकाय - इसमें पशु-पक्षी, मनुष्य आदि हलन-चलन करनेवाले जीवों का समावेश होता है।

अहिंसा का आधार है आत्मा। मनुष्य की आत्मा और एकेन्द्रिय आदि जीवों की आत्मा सामान है। जैसे हम सुख-दुःख की अनुभूति करते हैं, वैसे ही हर प्राणी करता है। भगवान महावीर ने हिंसा के दो रूप बताये हैं। अर्थ हिंसा (आवश्यक हिंसा) और अनर्थ हिंसा (अनावश्यक हिंसा)। वर्तमान जीवनशैली का अधिकांश भाग अनर्थ हिंसा से जुड़ा है। उसे छोड़ने से पर्यावरण के विभिन्न घटकों की सुरक्षा हो सकती है।

पानी, हवा और वनस्पति पर्यावरण संरक्षण के प्रमुख घटक हैं। आज ये तीनों प्रदूषित हैं। आम आदमी की धारणा है कि शरीर पर ज्यादा पानी डालने से अच्छा स्नान होता है, लेकिन वास्तविकता यह है कि घर्षण से अच्छा स्नान होता है। आज पानी का अपव्यय बहुत होता है। भूमिगत जल के अंधाधुंध दोहन के कारण पानी कम होता जा रहा है। अधिकाधिक दोहन से जल-स्तर नीचे जा रहा है। भू वैज्ञानिकों

ने चेतावनी दी है कि आगामी २५ वर्षों में जलसंकट का सामना करना पड़ेगा।

पर्यावरण संतुलन बनाए रखने में वनस्पति एवं जंगल अनेक दृष्टियों से वरदान सिद्ध हुए हैं। मनुष्य जीवन वनस्पति पर आधारित है। किन्तु भूखनन, वास्तु निर्माण एवं आधुनिक संसाधनों में जंगल एवं वनस्पति का विनाश दिनों दिन बढ़ता जा रहा है। जैन आगमों में वनस्पतिकाय जीवों का एक स्वतंत्र अस्तित्व माना है। भगवान म हावीर ने आचारांग सूत्र (१-१९) में मनुष्य और वनस्पति की आपस में जो समानताएँ बताई हैं, वे आज वैज्ञानिक प्रयोगों के द्वारा प्रमाणित हो चुकी है। महावीर ने कहा था - वनस्पति दूसरे जीवों की अपेक्षा तुम्हारे अधिक निकट है। पृथ्वी, अप, तेजस, वायु आदि जीवों को समझना कठिन है किन्तु वनस्पति को समझना आसान है। मनुष्य, तुम इसे समझो, इसका उपयोग आवश्यकता के अनुसार ही करो। इसका निष्प्रयोजन उपयोग मत करो।

वायु प्रदूषण भी एक ज्वलंत समस्या के रूप में उभर कर सामने आ रहा है। औद्योगिकरण, कारखानों की, गाड़ियों की प्रचुरता आदि इसमें कारण हैं। अठारहवीं शताब्दी के उत्तरार्ध में हुई औद्योगिक क्रांति के बाद अब तक वायुमंडल में जहरीले वायु की मात्रा कई गुना बढ़ गई है। यह वायु मुख्यतः वातावरण की तापमान में हो रही वृद्धि के जिम्मेदार हैं।

पृथ्वी के चारों ओर ओजोन की एक परत है, जो पृथ्वी का सुरक्षा कवच कहलाता है। वैज्ञानिक भाषा में इसे 'ओजोनस्फियर' कहते हैं। सूर्य से आने वाली पराबैंगनी किरणों के अवशोषण की इसमें अद्भुत क्षमता है। अपने इसी गुण के कारण यह प्राणी जगत को जीवित रखने में वरदान सिद्ध हुई हैं। ओजोन की क्षति के कारण पृथ्वी के वायुमंडल में अवस्थित सुरक्षा कवच में छिद्र हो रहे हैं। इसके प्रमुख कारणों में एक है व्यक्ति का भौतिकवादी दृष्टिकोण एवं सुख सुविधा प्रधान जीवन शैली। ओजोन परत के सछिद्र होने से सूरज से निकलनेवाली पराबैंगनी किरणें पृथ्वी की सतह पर पहुँचकर चर्म कैंसर एवं अंधेपन जैसी बीमारियों का कारण बनती हैं। फसलों का उत्पादन भी क्रमशः घटता जा रहा है।

माना कि आधुनिक युग तकनीकी युग है। किन्तु संसाधनों के उपयोग का सही ढ़ंग से संतुलन न होने पर समस्त साधन आवश्यकता हेतु न रहकर मानव जाति के अभिशाप का कारण बनेगी। अतः उपभोगवादी न बनकर उपयोगवादी दृष्टिकोण रखना भगवान महावीर को अभीष्ट है। उन्होंने समस्त वस्तुओं का विवेकपूर्वक उपयोग करने को कहा है।

नीति शास्त्र को भगवान महावीर की देन

नीति का व्याकरणगत अर्थ है 'ले चलना'। जो कुमार्ग से सन्मार्ग की ओर ले जाए वह नीति है। आपटे कृत संस्कृत-हिंदी शब्द कोष के अनुसार नीति शब्द के पर्यायवाची नाम है - निर्देशन, आचरण, शालीनता, व्यवहार कुशलता, योजना, उपाय, चाल-चलन इत्यादि। अभिधान राजेन्द्रकोष के अनुसार शास्त्र शब्द का अर्थ हैं - "शास्त्र वह है जिससे शिक्षा दी जाती है अथवा कर्तव्य की शिक्षा देनेवाले को शास्त्र कहते हैं।" न्यायकोष में कहा हैं - 'शास्ति च त्रायते चेति शास्त्रम्।' अर्थात् जो अनुशासित करता है तथा जो रक्षा करता है।

नीति का सम्बन्ध प्रमुखतया व्यावहारिक जीवन से सम्बंधित होने के कारण नीति सिद्धांतों में समय-समय पर परिवर्तन होता चला आ रहा है। जैन धर्म के नीतिसम्बन्धित सिद्धांत प्रथम तीर्थंकर भगवान ऋषभदेव के समय से निश्चित कर दिये गए थे। वे सिद्धांत दीर्घ काल तक चलते रहे। किन्तु वर्तमान में नीति के युगानुरूप स्वरुप को भगवान महावीर ने निश्चित किया है। उनके निर्वाण के पश्चात् भी वे सिद्धांत अब तक प्रचलित हैं। अतः उन सिद्धांतों को 'भगवान महावीर की नीति' नाम से अभिहित करना समीचीन है। भगवान महावीर की प्रतिपादित नीति के दो प्रमुख प्रकार हैं - सामान्य नीति और विशिष्ट नीति।

सामान्य नीति वह नीति है जिसपर महावीर के अलावा अन्य दार्शनिकों, मनीषियों ने भी चिंतन किया है। विशिष्ट नीति वह नीति है जिसपर केवल महावीर ने ही चिंतन किया है। सामाजिक सुव्यवस्था तथा व्यक्तिगत व्यावहारिक सुखी जीवन के लिए उपयुक्त सिद्धांत भगवान महावीर ने प्रतिपादित किये हैं। उनके साथ उनके श्रमणों, मनीषियों ने भी इन सिद्धांतों पर गम्भीरतापूर्वक विचार किया है।

भगवान महावीर ने प्रतिपादित की हुई अन्य नीतियाँ इस प्रकार हैं - अनाग्रह नीति, अनेकांत नीति, यतना नीति, समता नीति, अनुशासन एवं विनय नीति, सामूहिकता की नीति, स्वहित-लोकहित नीति।

अनाग्रह नीति

अपनी बात का आग्रह न करना। जिज्ञासु व्यक्ति को तर्क, हेतु, आगम, प्रमाण आदि से वस्तु तत्व समझा देना किन्तु यह आग्रह न करना कि वह उन बातों को स्वीकार कर ही लें। उत्तराध्ययन सूत्र में भगवान महावीर ने कहा है - 'पन्ना समिक्खाए धम्मं।' अर्थात् अपनी प्रज्ञा से धर्म का अर्थ करना, धर्म की समीक्षा

करना। महावीर के उपदेशों को सुनकर यदि कोई उनसे व्रत ग्रहण करना चाहते थे तब वे यही उत्तर देते थे कि, ''अहासुहं देवाणुप्पिया'' मतलब तुम्हें जैसा सुखकर लगे वैसा करो। आज संयुक्त परिवार का नहीं होना, भाई भाई में विरोध होना आदि के मूल में आग्रहवृत्ति ही है। यदि आग्रह हठाग्रह तथा कदाग्रह बन जाएँ तो स्थिति और भी विषम बन जाती है। आज औद्योगिक, विकसित देश दबाव समूहों से संत्रस्त हैं। अपनी मांगे दबाव द्वारा की जाती है। यह नीति दुर्नीति है। अनाग्रह नीति सुख शांति का द्वार है।

अनेकांत नीति

भगवती सूत्र में महावीर को एक प्रश्न पूछा गया है - 'लोक शाश्वत है या अशाश्वत?' इसके उत्तर में प्रभु ने कहा है - 'वस्तु स्थिर भी है तथा काल आदि की अपेक्षा परिवर्तनशील भी है।' यही अनेकांत नीति है। वैज्ञानिक आइन्स्टाइन की Theory of Relativity भी इसी तत्व पर आधारित है - अनेकांत नीति। परिवार में भी देखा जाये तो परिवार के हर सदस्य के अनेक रूप होते हैं। जैसे एक पुरुष किसी का बेटा, किसी का पोता, किसी का पति, किसी का भाई होता है। इन सब भूमिकाओं का परस्पर सम्बन्ध का महत्त्व समझ में आए, तो पारिवारिक शांति कायम रहेगी।

यतना नीति

शिष्य गौतम ने प्रभु को प्रश्न किया था, ''भगवान्, जीव की प्रत्येक प्रवृत्ति में पाप लगता है तो क्या प्रवृत्ति करे ही नहीं?'' प्रभु ने उत्तर में कहा था, ''धर्म यतना अर्थात् विवेक में है। हर कृति विवेकपूर्वक करने से पाप कर्म का बंध नहीं होता। प्रत्येक प्रवृत्ति को विवेकपूर्वक सम्पादित करना ही धर्म है।''

समता नीति

समता नीति का मतलब है सृष्टि के हर प्राणी को अपनी आत्मा के समान देखना। भगवान महावीर के वचन है जो आचरण हमें अच्छा नहीं लगता वह अन्य किसी के साथ भी मत करो। सब प्राणियों के सुख दुःख अपने सुख दुःख के समान ही समझो।

अनुशासन एवं विनय नीति

धर्म का मूल है विनम्रता। विद्या की शोभा विनम्रता से बढ़ती है। अनुशासन प्रियता एवं विनम्रता समस्त सद्‌गुणों का निलय है।

सामूहिकता की नीति

दशवैकालिक सूत्र में साधुओं के लिए कहा गया है, 'अपने हर लाभ से प्राप्त वस्तु में दूसरों का भी संविभाग है, ऐसा समझकर सभी को वस्तु का उपयोग करने का विनम्र अनुग्रह करना चाहिए।' संविभागशील समूह में बांटकर सबके साथ मिलकर रहने का आदेश एवं उपदेश दिया है। आधुनिक युग में प्रजातंत्र का प्रमुख आधार सामूहिकता ही है। 'United we stand, divided we fall' अर्थात् सामूहिकता में विकास है, विभाजन में पतन है। देश, जाति एवं समाज को सुखमय बनाने के लिए यह नीति हितकर है।

स्वहित-लोकहित नीति

नीति शास्त्र के ये दो महत्वपूर्ण पहलू हैं। नीति साहित्य में उपलब्ध नीति धाराएँ इसमें से किसी एक पहलू को महत्व देती है। भगवान महावीर ने अपने स्वहित-लोकहित नीति में दोनों का समन्वय किया है। जैन श्रमण स्वहित-लोकहित करनेवाले होते हैं।

स्थानांग सूत्र में ग्राम धर्म, राष्ट्र धर्म, कुल धर्म आदि दस धर्म व्याख्यायित किये गए हैं जिनका प्रत्यक्ष सम्बन्ध नीति से है।

सर्व समन्वयवाद : अर्थात् स्याद्‌वाद एवं अनेकांतवाद

अन + एक + अंत = अनेकांत। वाद का मतलब है बोलना, पद्धति। जिसका कोई एक अंत अथवा पहलू नहीं वह अनेकांत है। सम्पूर्ण सत्य अनेक दृष्टिकोणों का समन्वय है। विभिन्न दृष्टिकोणों से, पहलुओं से विभिन्न सन्दर्भों में परम सत्य को जानना यही है अनेकांतवाद। जैसे ढ़ाल की दो बाजुएँ होती हैं, वैसे ही प्रत्येक चीज में भिन्न भिन्न पहलू होते हैं। इन सब पहलुओं का विचार होगा तभी सम्पूर्ण सत्य प्राप्त होगा। जैसे अलग अलग कोणों से किसी एक ही वस्तु को देखनेवाले लोग

उसे अलग अलग रूपों में देखते हैं, उसी प्रकार सत्य के अनेक रूप होते हैं। उन सबको कोई पूर्णतया व्यक्त नहीं कर सकता है। इसी का अर्थ है कि, प्रत्येक कथन वस्तु की स्थिति, क्षेत्र और काल आदि अपेक्षाओं से एक सापेक्ष कथन होता है। कोई कथन निरपेक्ष नहीं होता और न हो सकता है।

आगे दिए गए उदाहरण से अनेकांतवाद का तत्व आसानी से समझा जा सकता है। किसी समय छः अंधे लोग एक हाथी के पास गये। उनमें से एक के हाथ में हाथी का पैर आया, तो उसने कहा हाथी खम्बा के समान है। एक के हाथ में कान आया, तो उसने कहा हाथी सूपडे जैसा है। जिसके हाथ में सूंड आयी उसने कहा, हाथी मूसल जैसा है। जिसने हाथी के पेट पर हाथ फेरा, उसने उसे मशक या अनाज का कोठार कहा। जिसके हाथ में दांत आया, उसने हाथी को धनुषाकार कहा। और जिसके हाथ में हाथी की पूंछ आयी उसने हाथी को रस्सी की उपमा दी। परिणामतः सभी आपस में विवाद करने लगे। फिर चक्षु से देखनेवाले एक सज्जन व्यक्ति ने उनकी सहायता की। उसने उन छहों व्यक्तियों को स्थानांतरित करके उन्हें हाथी के अन्य अंगों का स्पर्श कराया। तब जाके उन्हें समझ में आया कि अन्य साथियों का कथन भी सत्य था। उनकी बात उनके छुएँ हुए स्थान की अपेक्षा सत्य ही थी। विवाद समाप्त हुआ।

अनेकांतवादी सदैव दूसरे की अपेक्षावृत्ति को देखता है। तत्पश्चात् उन अपेक्षाओं का समन्वय करने का प्रयत्न करता है। वर्तमान समय के वैज्ञानिक कई रसायनों और पदार्थों पर संशोधन करते है। आनेवाले समय में शायद उनको भी कुछ न कुछ नवीनता प्राप्त होगी। एक ही वस्तु अथवा पदार्थ की अनेक विशेषताएँ सामने आएगी।

अनेकांतवाद से विज्ञान को विशेष पुष्टि मिलती है। उसका सदुपयोग किया जाये तो वह व्यावहारिक रीति से भी जगत् का कल्याणकारक हो सकता है। यह सिद्धांत मुक्ति मार्ग की ओर ले जाने वाला एक प्रयास है।

आविष्कारों के दौर में 'एटम बम' की खोज हुई। किंतु वह हिंसात्मक पापवृत्ति को देनेवाली है। हिंसात्मक प्रयोगों से किसी की भी विजय नहीं हुई है। आज ध्वंस की नहीं सुरक्षा की आवश्यकता है। देश की आबोहवा कैसे सुधरे? प्रजा स्वस्थ कैसे रहे? आदि संरक्षणात्मक प्रयोगों का होना श्रेयस्कर है।

अनेकांतवाद का एक नाम है स्याद्‌वाद। स्यात् + वाद = स्याद्‌वाद। स्यात् का अर्थ है संभावना। अर्थात् किसी विशिष्ट प्रसंग के अनुरूप उस विशिष्ट स्वरुप से वस्तु को देखना। वाद का अर्थ है न्याययुक्त कथन पद्धति। किसी भी शब्द के साथ

स्यात् लगाने से वह अनंत धर्मात्मक हो जाता है। जैसे सुवर्ण का लोटा तुड़वाकर जब हार बनवाया जाता है, तब लोटा प्रधान और हार अप्रधान होता है। हार के तैयार हो जाने पर हार प्रधान और लोटा अप्रधान माना जाता है। परन्तु सुवर्ण द्रव्य ध्रुव रूप में सदा वर्तमान रहता है। गाय खल खाती है, उससे दूध होता है। इसमें खल प्रधान और दूध गौण है। दूध से दही बनता है, तो दूध प्रधान और दही गौण हो जाता है। इस प्रकार वस्तु का अनेक रूपों में व्यवहार होता है। किन्तु पदार्थत्व हमेशा कायम रहता है।

जे एगं जाणई, से सव्वं जाणई।
जे सव्वं जाणई, से एगं जाणई।।

तथा

एको भावः सर्वथा येन दृष्टः।
सर्वेभावाः सर्वथा तेन दृष्टाः।।
सर्वेभावाः सर्वथा येन दृष्टाः।
एकोभावः सर्वथा तेन दृष्टः।।

अर्थात् जो एक (पदार्थ) को जानता है, वह सबको जानता है। और जो सबको जानता है, वह एक को जानता है।

इसी प्रकार धर्म-दर्शन के क्षेत्र में भी जान लेना चाहिए कि धार्मिक, दार्शनिक साधकों, विचारकों के अपने अपने अनुभव और दृष्टिकोण हैं। उनमे से कोई भी पूर्ण नही है। वे न पूर्ण सत्य है न असत्य। सभी में सत्यांश निहित है। प्रत्येक कथन में निक्षिप्त सत्यांश को ग्रहण करने का हमारा प्रयत्न होना चाहिए, न कि एक-दूसरे को मिथ्या कहकर केवल विवाद करना। इसी विचारधारा को अनेकांत दर्शन कहा गया है।

नित्य नई वैज्ञानिक, तकनीकी, धार्मिक, दार्शनिक, आध्यात्मिक व ऐतिहासिक खोज-शोध के इस अभिनव युग में सापेक्ष कथन अर्थात् समन्वयात्मक दृष्टिकोण अत्यंत आवश्यक है। इसमें से उत्पन्न धर्म-सहिष्णुता, सर्व धर्मों के प्रति आदर भाव का महत्व सभी विश्व धर्मों के अस्तित्व की अनिवार्य शर्त है। अन्यथा धर्म/संप्रदाय के नाम से विश्व में धर्मान्धता, मतान्धता, हिंसा बढ़कर अनर्थ होगा।

भगवान महावीर के समय में भी धार्मिक, दार्शनिक विचारों में संघर्ष था। सभी अपने अपने धर्म और परंपरा को श्रेष्ठ और पूर्ण सत्य का प्रतिपादक कहते थे। महावीर ने इन सब को भिन्न दृष्टि से देखा, समझा। यही था अनेकांतवाद।

आचार्य हरिभद्रसूरि ने अपने आठ दृष्टि की सज्झाय नामक ग्रन्थ में इसी विषय पर अलग ढ़ंग से प्रकाश डाला है। उनका कहना है जैसा हमारा दृष्टिकोण होगा, वैसे ही पदार्थ हमें प्रतिभासित होगा। जैसी दृष्टि वैसी सृष्टि। शुद्ध नेत्र वाले मनुष्य सफ़ेद को सफ़ेद देखता है। किन्तु पीलिया हो जाने पर उसे सफ़ेद वस्तु भी पीली दिखती है। अतः जीवन पथ को विकसित करने में दृष्टि की प्रधानता है। दूज का चाँद जैसे प्रकाश में बढ़ता-बढ़ता अंत में पूर्णिमा तक पहुँच कर पूर्ण प्रकाशमान होता है, उसी प्रकार प्रथम दृष्टि से आत्म प्रकाश प्रारम्भ होकर बढ़ते-बढ़ते आठवीं दृष्टि में सम्पूर्ण आत्म प्रकाश होता है। मित्रा, तारा, बला, दीप्रा, स्थिरा, कामता, प्रभा और परा - इन आठ दृष्टियों का पूर्ण अभ्यास, मनन एक चित्त से करने पर आध्यात्मिक दृष्टि का विकास होता है। मनुष्य की दृष्टि निर्मल होती है, तभी वह प्रतिभाशाली हो सकता है। सामनेवाले मनुष्य पर उसका प्रभाव पड़ता है। अतः जीवन पथ को उज्जवल बनाने का सबसे अच्छा मार्ग है कि अपने दृष्टिकोण को शुद्ध रखे और सुन्दर बनाये।

अध्याय ८

तीर्थंकर महावीर के धर्म-प्रचार का विहंगावलोकन

•

तेरहवें वर्षावास से बयालीसवें वर्षावास तक की यात्रा

तीर्थंकर महावीर द्वारा धर्म प्रचार

पिछले अध्याय में हमने देखा कि महावीर की साढ़े बारह साल की तपश्चर्या के बाद समवसरण का आयोजन किया गया था। अपापा नगरी और पावापुरी एक ऐतिहासिक घटना की साक्षीदार हुई थी। उसी पावापुरी, अपापा नगरी में प्रभु ने धर्म तीर्थ की स्थापना की। ४ हजार ४४० शिष्यों को दीक्षा देकर भाव से प्रभु तीर्थंकर बन गए। साध्वी संघ की स्थापना हुई। यह परंपरा जैन तीर्थंकरों की विशिष्ट देन है। इसके बाद प्रभु राजगृही में पधारे।

मगध प्रदेश की राजधानी राजगृही पाँच पहाड़ों के मध्य स्थित थी। कुशाग्रपुर नगर के राजा प्रसेनजित का राजकुमार श्रेणिक राजगृही का राजा था। राजा प्रसेनजित के ५०० राजकुमार थे। राणिवास में अनेक रानियाँ थीं। जीवन के अंतिम क्षणों में राजा प्रसेनजित ने भील यमदण्ड की कन्या तिलकसुन्दरी से विवाह किया था। तिलकसुन्दरी से उत्पन्न पुत्र राजा का उत्तराधिकारी होगा इस शर्त पर ये विवाह हुआ था। इस शर्त हेतु राजा ने श्रेणिक जैसे पुत्र को वन में भिजवा दिया था।

वेना तट के किनारे श्रेणिक कुछ समय बौद्धों के आश्रम में रहा। बौद्धों के निकट संपर्क के कारण वह बौद्ध धर्म का अनुयायी बन गया। तत्पश्चात् उसने सुभद्र वणिक् की पुत्री नंदा से विवाह किया। उन दोनों का पुत्र अभयकुमार आगे चलकर राजगृही का प्रधानमंत्री बन गया। इधर राजा प्रसेनजित ने वचन के अनुसार भील कन्या तिलकसुन्दरी के पुत्र को राजा बनाया। किन्तु उसके अत्याचार से प्रजा पीड़ित और दुःखी हो गयी। इसलिए श्रेणिक की योग्यता समझकर, उसे ढूंढ़कर राजा बनाया गया।

राजा बनने के बाद श्रेणिक का विवाह राजा चेटक की पुत्री चेलना से हुआ। चेलना रिश्ते में महावीर की मौसी थी। विवाह के बाद वह मगध की पटरानी बन गयी। चेलना के प्रभाव से श्रेणिक प्रभु महावीर के संपर्क में आए। महावीर के भक्त बन गए। भगवान महावीर से श्रेणिक की अनेक विषयों पर तत्वचर्चा होती थी। प्रभु के उपदेशों से राजपरिवार के अन्य सदस्यों ने भी प्रभु से दीक्षा ग्रहण की।

तेरहवाँ वर्षावास

महावीर का १३ वाँ वर्षावास राजगृही में ही संपन्न हुआ। अनेक स्त्री-पुरुषों को धर्म के पथ पर लाकर प्रभु ने उनका उद्धार किया।

परिषह–उपसर्गोंको समभाव से सहन करने के साथ
संयम और तप की उग्र साधना से प्राप्त परमसमाधि में लवलीन भगवान्

चौदहवाँ वर्षावास

यह वर्षावास प्रभु ने वैशाली में संपन्न किया। उससे पूर्व अनेक ग्राम नगर विचरण करते हुए प्रभु चातुर्मास हेतु अपनी जन्मभूमि के पास क्षत्रियकुण्ड ग्राम में पधारे। वहाँ बहुशाल चैत्य प्रभु महावीर का देशना स्थल था। अपार जनसमूह में देवानंदा नाम की एक ब्राह्मण स्त्री एवं ऋषभदत्त नामक एक ब्राह्मण भी उपस्थित थे। चार वेदों, स्मृतियों, वेदांग, इतिहास, व्याकरण का ज्ञाता ऋषभदत्त एक विद्वान् ब्राह्मण था। श्रमणों के प्रभाव से वह बाद में श्रमणोपासक बना था। भगवान महावीर की वाणी सुनकर वह रोमांचित हो उठा। प्रभु को देखकर, सुनकर देवानंदा की भी आँखें भर आई। उसके हृदय में ममता जागृत हो गयी और उस कारण उसके स्तनों से दुग्ध धारा बरसने लगी। वह देखकर प्रभु ने स्पष्ट किया, ''यह मेरी माता है। पुत्र स्नेह के कारण रोमांच हो उठा है।'' फिर भगवान महावीर ने गणधर गौतम, ऋषभदत्त, देवानंदा सहित उपस्थित जनसमुदाय को अपने गर्भ-परिवर्तन की घटना बताई। इतने समय तक यह बात किसी को ज्ञात नहीं थी। इस घटना को सुनकर सारी धर्मसभा आश्चर्यचकित हो गई। इस घटना का ऋषभदत्त ब्राह्मण और देवानंदा ब्राह्मणी पर गहरा प्रभाव पड़ा। दोनों ने गृहत्याग कर प्रभु महावीर के चरणों में दीक्षा अंगीकार की। मुनिऋषभदत्त ने ग्यारह अंगों का अध्ययन किया। अनेक तप किये। एक मास की संलेखना कर मोक्ष पद प्राप्त किया। देवानंदा ने भी साध्वी चंदनबाला के चरणों में दीक्षित होकर ग्यारह अंगों का अध्ययन किया तथा लम्बी तपस्याएँ की, अंत में मोक्ष पद को प्राप्त किया।

पन्द्रहवाँ वर्षावास

यह वर्षावास वाणिज्यग्राम में संपन्न हुआ, जहाँ अनेक जीवों ने अपनी आत्मा का कल्याण किया।

चातुर्मास से पूर्व प्रभु क्षत्रिय कुण्डग्राम पधारे। वहाँ जमालि ने प्रभु का उपदेश सुना तथा ५०० राजकुमारों के साथ दीक्षा ग्रहण की। साथ ही में जमालि की पत्नी एवं महावीर की पुत्री प्रियदर्शना ने भी एक हजार स्त्रियों के साथ दीक्षा ग्रहण की। वह साध्वी बन गयी।

इसके बाद प्रभु कौशाम्बी पधारे। भारत के तीनों परम्पराओं में मान्य ऐतिहासिक व्यक्ति राजा उदयन उस राज्य का शासक था। उसकी माता थी मृगावती। मृगावती राजा चेटक की पुत्री थी। प्रभु महावीर के पदार्पण का समाचार सुनकर राजा उदयन

अपनी माता मृगावती तथा बुआ जयंती के संग प्रभु के दर्शन करने आ गए। प्रभु का उपदेश सुनकर सभी धन्य हो गए। श्रमणोपासिका जयंती ने प्रभु से तत्वज्ञान पर चर्चा की। प्रभु से दीक्षा ग्रहण करके भिक्षुणी संघ में सम्मिलित हो गयी।

तत्पश्चात् प्रभु श्रावस्ती होकर वाणिज्यग्राम पहुँचे। वहाँ का आनंद नामक एक धनाढ्य सेठ प्रभु के दर्शन के लिए द्युतिपलाश चैत्य में पहुँचा। प्रभु का उपदेश सुनकर उसे प्रभु पर श्रद्धा हो गई। उसने १२ व्रतों को अंगीकार किया। उसकी पत्नी शिवानंदा ने भी अनुकरण किया और १२ गृहस्थ व्रत ग्रहण किये। उन्हें अवधिज्ञान प्राप्त हुआ।

सोलहवाँ वर्षावास

वाणिज्यग्राम से प्रभु महावीर मगध देश पधारे। मगध देश की राजधानी राजगृही में सोलहवाँ वर्षावास संपन्न हुआ। गुणशील चैत्य में समवसरण का आयोजन किया था। भगवान महावीर ने उपस्थित जनसमुदाय को भोग से त्याग की ओर उन्मुख करने वाला उपदेश किया। वहाँ के एक प्रमुख श्रेष्ठी का पुत्र शालिभद्र बड़ा ही विलासी था। इस प्रभावशाली उपदेश से उसका मन परिवर्तित हो गया और उसने अपनी ३२ रमणियों को त्यागकर महावीर के सम्मुख श्रमण दीक्षा अंगीकार की। शालिभद्र के साला धन्ना ने भी प्रभु चरणों में दीक्षा अंगीकार की।

सतरहवाँ वर्षावास

वाणिज्यग्राम में यह वर्षावास संपन्न हुआ। प्रभु चंपा के पूर्णभद्र चैत्य में पधारे। समवसरण में वहाँ के राजा दत्त ने प्रभु का उपदेश सुनकर १२ व्रत अंगीकार किये। राजकुमार महाचंद्र ने संयम अंगीकार किया, ११ अंगों का अध्ययन किया, सौधर्म कल्प में पधारे।

महावीर के समय सिंधु-सौवीर के अंतर्गत पंजाब की सीमा आ जाती थी। उसके आगे अर्धकेकय देश था। इसमें कश्मीर एवं गंधार क्षेत्र पड़ता था। सिंधु-सौवीर की राजधानी वीतभयपत्तन थी (आज यह प्रदेश भैरा नाम से जाना जाता है और वह पाकिस्तान में पड़ता है)। यह एक बड़ा देश था। राजा उदायन वहाँ के राजा थे। महाराजा चेटक की एक पुत्री प्रभावती उनकी महारानी थी। राजा उदायन और रानी प्रभावती का पुत्र था अभिचिकुमार। प्रभावती स्वयं श्रमणोपासिका थी। उसने अपने पति को भी श्रमणोपासक बनाया। उदायन के भाव दीक्षा के बने, उसने प्रभु महावीर को पुकारा। प्रभु ने उदायन के मनोगत भावों को समझकर ७०० कोस का

उग्र विहार किया। श्रमणों ने अनेकों कष्ट सहे। रेतीली गर्म भूमि से कोमल शरीरवाले कई शिष्य स्वर्ग सिधार गए।

प्रभु वीतभयपत्तन पहुँचे। वहाँ उनका बड़ा सत्कार, सम्मान हुआ। राजा उदायन ने अपना भांजा केशीकुमार को राज्य सौंप दिया और पत्नी और पुत्र के साथ प्रभु से दीक्षा अंगीकार की।

तत्कालीन मुल्तान, लाहौर, करनूर, गंधार आदि प्राचीन नगर थे। वहाँ भी प्रभु महावीर के भक्त थे। इसी प्रवासकाल में भगवान महावीर ने अपने कुछ साधु-साध्वियों को इस क्षेत्र में छोड़ा होगा। तभी पंजाब, हरियाणा, देहली के कई लोग जैन धर्मावलम्बी बन गए। विदेशी आक्रमणकारियों ने यहाँ के प्राचीन धर्मों को काफी हानि पहुँचाई है।

अठारहवाँ वर्षावास

प्रभु का अठारहवाँ वर्षावास राजगृह नगर में संपन्न हुआ। राजगृह आनेसे पूर्व प्रभु वाराणसी नगरी गए। यही प्रभु सुपार्श्वनाथ उत्पन्न हुए थे। इसके पास की नगरी सिंहपुर में प्रभु श्रेयांसनाथ, तथा चन्द्रप्रभु का जन्म हुआ था। वाराणसी में जैन, बौद्ध एवं वैदिक परम्पराओं का संगम है।

वाराणसी के कोष्टक उद्यान में प्रभु ठहरे थे। वहाँ के राजा जितशत्रु ने चतुरंगिनी सेना एवं प्रजा सहित प्रभु के दर्शन, प्रवचन का लाभ लिया। नगर के धनाढ्य श्रेष्ठी चुलनीपिता और उनकी पत्नी श्यामा ने प्रभु से गृहस्थ जीवन के १२ व्रत स्वीकार किये तथा ११ प्रतिमाओं का पालन किया। अंत में सौधर्म देवलोक में गए। इसी प्रकार सुरदेव श्रावक और उनकी पत्नी धन्या को भी देवलोक की प्राप्ति हुई।

वहाँ से महावीर आलंभिया नगरी पधारे। पुद्गल परिव्राजक ने प्रभु से शंका का समाधान पाकर मोक्ष प्राप्त किया। उसी नगर के चुल्लशतक सेठ और उनकी पत्नी ने गृहस्थ धर्म के १२ व्रत स्वीकार किये और देवलोक में गए।

राजगृही में भी मंकाई गाथापति, अर्जुनमाली, कश्यप आदि ने प्रभु से दीक्षा ली और मोक्ष प्राप्त किया। नंदमणिकार श्रेष्ठी ने भी प्रभु से १२ श्रावक व्रतों की दीक्षा ली थी। राजा श्रेणिक ने राजगृही नगरी में उद्घोषणा की - जो भी प्रभु के चरणों में दीक्षा अंगीकार करना चाहे, करें, उसके परिवार का भार राजा वहन करेगा। इस उद्घोषणा के बाद राजपरिवार में से २३ राजकुमारों ने, १३ रानियों ने दीक्षा अंगीकार कर ली और मोक्ष पद प्राप्त किया।

उन्नीसवाँ वर्षावास

यह वर्षावास भी राजगृह नगर में संपन्न हुआ। राजगृही से कौशाम्बी के मार्ग पर काशी राष्ट्र पड़ता था। इस देश की प्रसिद्ध नगरी आलंभिका के शंखवन उद्यान में प्रभु पधारे। वहाँ ऋषिभद्र श्रमणोपासक ने प्रभु से लम्बी तत्वचर्चा की। श्रावक व्रतों की आराधना की। अंत में अनशन लेकर वे सौधर्म देवलोक गए।

बीसवाँ वर्षावास

प्रभु ने वैशाली में यह वर्षावास संपन्न किया। वर्षावास संपन्न कर प्रभु मिथिला नगरी की ओर पधारे। मिथिला से काकंदी। वहाँ सुनक्षत्र नामक व्यक्ति ने प्रभु के उपदेशों से प्रभावित होकर दीक्षा ग्रहण की। वहाँ भद्रा सार्थवाही नाम की व्यवहारकुशल महिला रहती थी। धन्यकुमार उसका पुत्र था। प्रभु की अपूर्व वाणी सुनकर उसने भोगों को त्यागकर दीक्षा ग्रहण की। कठोर तप, अनशन किया। वहाँ से प्रभु काम्पिल्यपुर पधारे। कुण्डकोलिक ने वहाँ प्रभु के उपदेशों को सुना और १२ व्रतों की दीक्षा अंगीकार की। द्वादश प्रतिमाओं की आराधना की। अंत में देवलोक गए। पोलासपुर के सद्दालपुत्र को भी प्रभु ने तर्क-वितर्क द्वारा सम्यक् बोध कराया। सद्दालपुत्र ने अपनी पत्नी के साथ १२ गृहस्थ व्रत अंगीकार किये। अतिमुक्तक मुनि ने भी वहाँ प्रभु से दीक्षा ग्रहण की और मोक्ष प्राप्त किया।

इक्कीसवाँ वर्षावास

वैशाली में ही यह वर्षावास संपन्न हुआ।

बाईसवाँ वर्षावास

यह वर्षावास राजगृह में किया था। धनाढ्य गाथापति महाशतक ने प्रभु के वचनामृत सुनकर १२ व्रतों को धारण किया। समवसरण में पार्श्वापत्य श्रमण ने प्रभु से तत्वनिर्णय एवं समाधान पाया। पंचमहाव्रत रूप धर्म को स्वीकार किया। उन्होंने जीव-अजीव, लोक-अलोक, सिद्धि-असिद्धि, शाश्वत-अशाश्वत आदि प्रश्नों का भी प्रभु से समाधान पाया।

तेईसवाँ वर्षावास

वाणिज्यग्राम में प्रभु ने यह वर्षावास संपन्न किया। उसके बाद प्रभु श्रावस्ती नगरी पधारे। यहाँ स्कंदक परिव्राजक ने प्रभु के दर्शन किये। प्रभु ने स्कंदक के

सभी प्रश्नों का समाधान किया। स्कंदक ने दीक्षित होकर गुणरत्न-संवत्सर तप की आराधना की। अंत में अच्युत स्वर्ग में गए।

चौबीसवाँ वर्षावास

प्रभु ने यह वर्षावास राजगृही नगरी में किया था। वाणिज्यग्राम से प्रभु ब्राह्मणकुण्ड के बहुसाल चैत्य में पधारे। जमालि ने प्रभु से आज्ञा लेकर अपने ५०० शिष्यों के साथ स्वतंत्र विचरण शुरू किया। प्रभु कौशाम्बी नगरी में पधारे। चंद्र, सूर्य अपने मूल स्वरुप में समवसरण में आये थे। सर्वत्र तेज प्रकाश व्याप्त हो गया था। इसी दरम्यान साध्वी मृगावती और उनकी गुरुणी चंदनबाला को केवलज्ञान की प्राप्ति हुई थी।

राजगृही में ही रोहिणेय चोर ने भगवान की वाणी सुनी और प्रभु से दीक्षा ली। वैभारगिरि में छिपाया सारा धन श्रेणिक के राज कोष में जमा करवा दिया।

पच्चीसवाँ वर्षावास

पच्चीसवाँ वर्षावास प्रभु ने राजगृही नगरी में संपन्न किया। इसी समय राजा कोणिक को पितृ वियोग हुआ था। वह प्रभु का भक्त बन गया।

छब्बीसवाँ वर्षावास

प्रभु ने चम्पा नगरी में यह वर्षावास संपन्न किया। इसी वर्ष महावीर के शिष्य वेहास, अभय आदि ने विपुलाचल पर्वत पर मोक्ष प्राप्त किया। पद्म, महापद्म, भद्र, सुभद्र, पद्मभद्र, पद्मसेन, पद्मगुलक, नलिनीगुल्म आनंद और नंदन श्रेणिक के पौत्र ने प्रभु से दीक्षा ग्रहण की। जिनपालित ने श्रमण धर्म तथा व्यापारी पालित ने श्रावक व्रत स्वीकार किये। यहाँ राजा कोणिक और हल विहल्ल के बीच महासंग्राम हुआ था। उसके बाद १० श्रेणिक की रानियों ने पुत्र वियोग में दीक्षा ली, तप करके मोक्ष प्राप्त किया।

सत्ताईसवाँ वर्षावास

यह वर्षावास मिथिला नगरी में संपन्न हुआ। वहाँसे प्रभु श्रावस्ती गए। राजा कोणिक के साथ हुए रणसंग्राम से बचकर हल विहल्ल ने यहाँ प्रभु से दीक्षा ली।

कई सालों पूर्व भगवान महावीर से व्रत के बारे में जानकारी लेकर गोशालक

ने कठोर तप करके तेजोलेश्या का ज्ञान प्राप्त कर लिया था। उसकी शक्ति से वह एक अहंकारी आचार्य बन बैठा था। उसी गोशालक ने प्रभु के शिष्य आनंदमुनि को धमकी दी, 'यदि तुम्हारे धर्माचार्य ने मेरा विरोध किया तो मैं उन्हें भस्म कर दूँगा।' जब आनंदमुनि ने यह बात प्रभु को बताई, तो प्रभु ने कहा, 'वह अपने तप तेज के प्रभाव से किसी को भी भस्म कर सकता है, पर अरिहंत भगवान को नहीं। उसके क्रोध का निग्रह करने में मैं समर्थ हूँ। अतः तुम जाकर गौतम इंद्रभूति आदि श्रमण निर्ग्रन्थों को सूचित करो कि कोई भी उसकी द्वेषपूर्ण बातों से क्रोधित न हो।' गोशालक अपने शिष्यों के साथ कोष्ठक चैत्य में आया और प्रभु के प्रति निरर्थक, बुरी बातें करने लगा। सुनक्षत्र और सर्वानुभूति ने गोशालक को समझाने की कोशिश की। लेकिन गोशालक ने उन पर तेजोलेश्या छोड़ दी। उसमे मुनि भस्म हो गए। फिर प्रभु ने भी उसे प्रेम से समझाया। किन्तु शांत होने के स्थान पर वह अधिक भड़क उठा। उसने भगवान पर तेजोलेश्या छोड़ दी। परन्तु वह तेजोलेश्या महावीर से टकराकर वापस गोशालक के ही शरीर में घुस गई। गोशालक ने वेदना व्याकुल होकर प्रभु से कहा, 'तूं पित्त और दाह ज्वर से पीड़ित होकर छः महीने के भीतर मृत्यु को प्राप्त हो जायेगा।'

यह सुनकर प्रभु ने कहा, "ऐसा तेरे साथ होगा। मैं सोलह वर्ष तक भूमण्डल पर विचरण करूँगा। तूने बुरा किया देवानुप्रिय। इस कार्य का तुझे पश्चाताप करना पड़ेगा। तूं सात दिन के भीतर मृत्यु प्राप्त करेगा।"

प्रभु की भविष्यवाणी सत्य निकली। गोशालक को अपने कर्मों पर पश्चाताप हुआ। सात दिन में वह देह छोड़कर अच्युत देवलोक में गया।

तत्पश्चात् प्रभु मेढ़ीक गाँव पधारे। वहाँ धर्मदेशना सुनकर सभा विसर्जित हो गयी। प्रभु पर तेजोलेश्या अपना प्रभाव छोड़ गयी थी। उससे प्रभु के शरीर में पित्त ज्वर हो गया। छः महीने तक भगवान का शरीर कृश हो गया था। यह बात महातपस्वी सिंह अणगार ने सुनी। उन्होंने प्रभु से इस बीमारी का उपाय पूछा।

प्रभु ने कहा, "इसी गाँव में रहनेवाली रेवती गाथापत्नी के घरसे कुम्हड़े और बिजोरे में से तैयार की हुई औषधी ले आना।"

सिंह अणगार ने रेवती से वह औषधी प्रभु के लिए लाकर दी। औषध मिश्रित आहार के सेवन से प्रभु के पित्त ज्वर और रक्तातिसार की पीड़ा बंद हो गई। धीरे धीरे उनका शरीर पूर्ववत् तेजस्वी हो गया। समस्त संघ, जन समुदाय तथा देव आनंदित हो गए। इधर, शुभ दान से रेवती ने देवगति का बंध किया।

अट्ठाईसवाँ वर्षावास

यह वर्षावास वाणिज्यग्राम में हुआ। इसी वर्ष श्रावस्ती में इंद्रभूति गौतम और पार्श्वनाथ के शिष्य केशीकुमार श्रमण की चर्चा हुई। अंत में केशीकुमार श्रमण एवं उनके शिष्य प्रभु महावीर के तीर्थ में सम्मिलित हुए। प्रभु हस्तिनापुर पधारे। वहाँ शिवराज ऋषि को द्वीप समुद्र के बारे में जो शंका थी उसका समाधान किया। शिवराज ऋषि ने प्रभु के पास आकर सम्यक् बोधि को प्राप्त किया तथा निर्ग्रन्थ दीक्षा द्वारा तप करके निर्वाण प्राप्त किया। यही पर एक अन्य धर्मी व्यक्ति ने भी ३२ पत्नियों का त्याग कर प्रभु से दीक्षा ली।

उनतीसवाँ वर्षावास

मगध देश की राजधानी राजगृही में प्रभु का यह वर्षावास संपन्न हुआ। इस वर्ष राजगृही के विपुल पर्वत पर अनेक अणगारों ने अनशन किया। बारह प्रसिद्ध आजीवकोपासक थे। ये सभी अरिहंत को देव माननेवाले और माता-पिता की सेवा करनेवाले थे। ये गूलर, बड़, बेर, सतर और पीपल इन पांच जाति के फलों और प्याज, लहसुन आदि कन्दमूल को नहीं खाते थे।

तीसवाँ वर्षावास

प्रभु ने यह वर्षावास वाणिज्यग्राम में किया था। चातुर्मास के पश्चात् प्रभु पृष्ठचम्पा नामक नगर में रहे थे। पृष्ठचम्पा के राजा शाल और उनका भाई महाशाल ने प्रभु का उपदेश सुना और उनके चरणों में दीक्षित हुए। तत्पश्चात् कामदेव और दशार्णभद्र ने प्रभु से दीक्षा अंगीकार की।

वाणिज्यग्राम में सोमिल ब्राह्मण ने विविध प्रश्नों पर महावीर से चर्चा की और समाधान प्राप्त किया। प्रभावित होकर उन्होंने श्रावक धर्म को अंगीकार कर लिया।

इकतीसवाँ वर्षावास

भगवान महावीर ने यह वर्षावास वैशाली में संपन्न किया। तत्पश्चात् वे साकेत, श्रावस्ती होकर पांचाल देश के काम्पिल्यपुर पहुँचे। नगर के बाहर सहस्राम्रवन उद्यान में पधारे। वहाँ अम्बड़ परिव्राजक रहता था। भगवान का उपदेश सुनकर उसने श्रावकों के पालने योग्य व्रत-नियमों का सम्यक् प्रकार से पालन किया।

बत्तीसवाँ वर्षावास

यह वर्षावास भी वैशाली नगरी में संपन्न हुआ। इस वर्ष प्रभु ने काशी, कौशल के प्रदेशों में विचरण किया। ग्रीष्मकाल में वाणिज्यग्राम के द्युतिपलास चैत्य में प्रवचन दिया। पार्श्वापत्य श्रमण गांगेय अणगार ने भगवान से विविध प्रश्न पूछे। प्रभु ने इन सब प्रश्नों का समाधान किया। भगवान की सर्वज्ञता को पहचानकर अणगार पंचमहाव्रत रूप धर्मसंघ में सम्मिलित हो गए।

चातुर्मास के पश्चात् प्रभु राजगृही में पधारे। यहाँ गौतम स्वामी ने उन्हें पुद्गल-परिणाम, जीव और जीवात्मा, आराधना, केवली की भाषा आदि विषयों पर प्रश्न पूछे, जिनका प्रभु ने समाधान किया।

तेंतीसवाँ वर्षावास

यह वर्षावास राजगृही नगरी में संपन्न हुआ। वहाँ श्रमणोपासक मद्दुक तथा अन्यतीर्थी कालोदायी में तत्वचर्चा हुई। मद्दुक ने तर्क वितर्क के साथ पञ्चास्तिकाय का स्वरुप समझाया। प्रभु ने इस तत्वचर्चा को सम्यक् कहकर सराहना की।

चौंतीसवाँ वर्षावास

नालंदा में यह वर्षावास संपन्न हुआ। उस समय उदक तथा गौतम में त्रस स्थावर की चर्चा हुई। उसके बाद वह भगवान महावीर के पास आए और पञ्च महाव्रतिक सप्रतिक्रमण धर्म को स्वीकार किया। महावीर के श्रमणसंघ में सम्मिलित हो गए। इस वर्ष जालि, मयाली आदि अनेक अणगारों ने विपुलाचल पर अनशन कर देह छोड़ा।

पैंतीसवाँ वर्षावास

यह वर्षावास प्रभु ने वैशाली में किया। वहाँसे प्रभु वाणिज्यग्राम पधारे। वाणिज्यग्राम का एक व्यापारी आनंद ने महावीर को काल के विषय में प्रश्न किये। उसके उत्तर में प्रभु ने प्रमाणकाल, यथा निवृत्ति काल, मरण काल, अद्धा काल आदि के भेद-प्रभेदों का स्वरुप प्रतिपादित किया। इससे प्रभावित होकर आनंद ने प्रभु के चरणों में दीक्षा ली और मोक्ष में पधारे।

छत्तीसवाँ वर्षावास

यह वर्षावास भी वैशाली में संपन्न हुआ। कोशल देश के प्रमुख व्यापार केंद्र साकेत नगर में भगवान का आगमन हुआ। यहाँ जिनदेव श्रावक रहता था। एक बार वह भ्रमण करता हुआ कोटिवर्ष पहुँचा। वहाँ उसका परिचय किरातराज से हुआ। बहुमूल्य रत्न खरीदने किरातराज जिनदेव के साथ साकेत नगर में आया। प्रभु तब साकेत नगरी में ही थे। जिनदेव किरातराज को लेकर प्रभु के दर्शन के लिए आया। प्रभु ने किरातराज को द्रव्य रत्न तथा भाव रत्न की महत्ता बताई। भाव रत्नों से इस लोक एवं परलोक के सभी दुःखों का अंत हो सकता है, यह बात प्रभु की मंगलवाणी से सुनकर किरातराज प्रभावित हो गया। उसने भावरत्नमय प्रव्रज्या अंगीकार की और साधु बन गया।

प्रभु चम्पा पधारे। साल-महासाल ने प्रभु की आज्ञा से अपने भांजा गांगली को उपदेश किया। उपदेश सुनकर गांगली ने अपने माता-पिता सहित दीक्षा ग्रहण की।

इसी वर्ष की एक घटना - कोड़िन्न, दिन्न और सेवाल नामक तीन तापस थे। उनके प्रत्येक के ५०० शिष्य थे। वे सभी अष्टापद पर्वत पर आरोहण कर रहे थे। कठोर तप से सभी कृश होने के कारण पर्वत के अंतिम शिखर तक पहुँचने में असमर्थ थे। तभी गौतम गणधर उधर आए और अपने लब्धिबल से अष्टापद के अंतिम शिखर तक पहुँच गए। गौतम के तपोबल से सभी तापस प्रभावित हुए। इंद्रभूति गौतम जब नीचे आए तब सभी तापसों ने उनसे शिष्यत्व प्रदान करने की प्रार्थना की। गौतम स्वामी ने उनको दीक्षित किया। अपने अद्भुत लब्धिबल से सभी तापसों को भरपेट खीर खिलाई। उन सब शिष्यों को लेकर वह प्रभु के दर्शनार्थ आ गए। मार्ग में गौतम स्वामी ने उन्हें भगवान महावीर के गुणों एवं समवसरण का वर्णन किया। सभी तापस इतने भाव-विभोर हो गए कि भगवान के दर्शन किये बिना ही उन्हें केवलज्ञान प्राप्त हो गया।

सैंतीसवाँ वर्षावास

प्रभु ने राजगृही में यह वर्षावास संपन्न किया। वहाँ गुणशील चैत्य में सम वसरण का आयोजन किया हुआ था। अणगार कालोदायी ने भगवान महावीर से शुभ-अशुभ कर्मों के सम्बन्ध में प्रश्न किये। प्रभु ने बताया -

''जैसे कोई मनुष्य मनोहर रसवाले अनेक व्यञ्जनयुक्त विषमिश्रित पक्वान्न का भोजन करता है, तब उसे वह पक्वान्न प्रिय लगता है। किन्तु परिणाम अनिष्टकर

होता है। इसी प्रकार हिंसा, झूठ, चोरी, मैथुन, परिग्रह आदि का सेवन करते है, तब ये कार्य जीवों को अच्छे लगते है। परन्तु इनसे जो दुर्विपाक पापकर्म बंधते हैं, उनका फल बड़ा अनिष्ट होता है।'' इस प्रकार प्रभु ने और भी कई प्रश्नों का समाधान किया।

अणगार कालोदायी ने इन वचनों को धारण किया और तप करके अंत में अनशनपूर्वक मोक्ष को प्राप्त किया।

अड़तीसवाँ वर्षावास

प्रभु ने नालंदा में यह वर्षावास संपन्न किया। इस वर्ष गौतम स्वामी ने अन्यतीर्थिकों के हृदय में उठनेवाले अनेक प्रश्नों का समाधान भगवान से ग्रहण किया। गणधर अचलभ्राता और मेतार्य ने गुणशील चैत्य में मासिक अनशन कर निर्वाण प्राप्त किया।

उनचालीसवाँ वर्षावास

मिथिला नगरी में प्रभु ने यह वर्षावास संपन्न किया। नगर के बाहर मणिभद्र चैत्य में समवसरण लगा था। राजा जितशत्रु और रानी धारिणी ने भावपूर्वक प्रभु का आदर सत्कार किया। इंद्रभूति गौतम ने ज्योतिष शास्त्र विषयक अनेक प्रश्न भगवान महावीर से किये। उनके प्रश्नोत्तरों के परिणाम स्वरुप सूर्य प्रज्ञप्ति तथा चंद्र प्रज्ञप्ति जैसे प्राचीन पद्धति के ज्योतिषविज्ञान के मौलिक ग्रन्थ बन गए।

चालीसवाँ वर्षावास

प्रभु ने राजगृही में यह वर्षावास संपन्न किया। इस नगरी में प्रभु के अधिक वर्षावास हुए।

गौतम स्वामी ने पूछे एक प्रश्न के उत्तर में महावीर ने बताया, ''जीव एक समय में एक ही आयु भोगता है, इहभविक अथवा परभविक। दोनों आयु को एक साथ नहीं भोग सकता। राजगृह के या संसार के समस्त जीवों के बिखरे हुए सुख-दुःखों को एक साथ एकत्रित करके दिखाना संभव नहीं है।''

इस वर्षावास के बाद भी प्रभु राजगृह में बिराजे थे। यहीं व्यक्त, मण्डित, मौर्यपुत्र, अकम्पित आदि गणधर मासिक अनशन करके गुणशील चैत्य में निर्वाण को प्राप्त हुए।

बयालीसवाँ अंतिम वर्षावास

प्रभु महावीर राजगृही से पावा पधारे। पावा में उस समय राजा हस्तिपाल का राज्य था। हस्तिपाल ने एक दिन आठ अशुभ स्वप्न देखे थे। उन्होंने भगवान से इसका अर्थ पूछा।

प्रभु ने कहा -

- विचित्र हाथी - विवेकशील श्रमणोपासक भी कीचड़ में फंसे हाथीवत् क्षणिक सुखों का त्याग कर संयम ग्रहण का विचार नहीं करेंगे।
- बंदर - बड़े दिग्गज आचार्य भी चंचल वृत्ति के, अल्प पराक्रमी, व्रतपालन में प्रमादी, विचारशून्य और विवेकशून्य होंगे।
- क्षीरतरु - क्षुद्र भाव से दान देनेवाले श्रावकों को पाखण्डी श्रमण चारों ओर से घेरे रहेंगे। वे आचारनिष्ठ श्रमणों को शिथिलाचारी और शिथिलाचारी को आचारनिष्ठ समझेंगे।
- कौआ - अधिकांश श्रमण वर्ग अनुशासन मर्यादा को त्यागकर पाखण्डपूर्ण पंथों का आश्रय लेंगे।
- विपन्नावस्था में सिंह - भविष्य में सिंह की तरह प्रबल धर्म भी निर्बल होगा, मिथ्यात्वी की पूजा होगी।
- कीचड़ में कमल - कुलीन व्यक्ति भी बुरी संगति में पड़कर धर्ममार्ग से विमुख होकर पापाचार का सेवन करेंगे।
- कीचड़ में बीज - श्रमणोपासक भी विवेक विस्मृत होकर सुपात्र को छोड़ कुपात्र को दान देंगे।
- कुम्भ - भविष्य में सद्गुण संपन्न और आचारनिष्ठ श्रमण कम होंगे।

इंद्रभूति गौतम ने प्रभु को प्रश्न किया था,

"प्रभो, आपके परिनिर्वाण के पश्चात् प्रमुख घटनाएँ कौनसी होंगीं?"

भगवान ने उत्तर दिया,

- मेरे मोक्षगमन के तीन वर्ष साढ़े आठ माह के पश्चात् पाँचवां आरा शुरू होगा।
- निर्वाण के १२ वर्ष बाद गौतम गणधर मोक्षगमन करेंगे।
- ६४ वर्ष बाद जम्बूस्वामी केवलज्ञानी होकर मोक्ष पधारेंगे।
- जम्बू के निर्वाण पश्चात् १० बातें लुप्त हो जाएगी - मनःपर्यवज्ञान, परम अवधिज्ञान, पुलाक लब्धि, आहारक शरीर, क्षपक श्रेणी, जिनकल्प, परिहार विशुद्धि, सूक्ष्म-संपराय, यथाख्यात चरित्र, केवलज्ञान और परिनिर्वाण।

निर्वाण के तुरंत बाद ही भगवान् के मुख्य शिष्य श्री गौतमस्वामी जी को
केवलज्ञान (सर्वज्ञता) की प्राप्ति और आद्योपदेश

- मेरे निर्वाण के पश्चात् मेरे शासन में २००४ युगप्रधान आचार्य होंगे। प्रथम आचार्य सुधर्मा और अंतिम आचार्य दुःप्रसह होंगे।
- मेरे निर्वाण के १७० वर्ष पश्चात् आचार्य भद्रबाहु का स्वर्गारोहण होगा।
- भद्रबाहु के पश्चात् अंतिम चार पूर्व, समचतुरस्र संस्थान, वज्रऋषभनाराच संहनन और महाप्राण ध्यान ये बातें भरत क्षेत्र से समाप्त हो जाएगी।
- मेरे निर्वाण के ५०० वर्ष पश्चात् आर्य वज्र के समय १० वाँ पूर्व प्रथम संहनन चतुष्क नष्ट हो जाएंगे।
- मेरे निर्वाण के पश्चात् पालक का राज्यकाल ६० वर्ष, नन्द का राज्यकाल १५५ वर्ष, मौर्य का १०८ वर्ष, पुण्यमित्र का ३० वर्ष, बालमित्र, भानुमित्र का ६० वर्ष, नरवाहन का ४० वर्ष, गर्दभिल्ल का १३ वर्ष, शक का ४ वर्ष होगा। मेरे निर्वाण के ४७० वर्ष बाद महाराजा विक्रमादित्य सम्राट होगा जो अपने नाम से संवत् चलाएगा।
- मेरे निर्वाण के ४५५ वर्ष बाद गर्दभिल्ल के राज्य को नष्ट करनेवाला कालकाचार्य होगा।
- श्रमणों की विशुद्ध परंपरा विलुप्त हो जाएगी।

प्रभु का यह भविष्य कथन सुनने के बाद राजा हस्तिपाल ने दीक्षा स्वीकार की। जनसाधारण में से अनेकों ने साधु धर्म एवं श्रावक धर्म स्वीकार किया।

◈

अध्याय ९

मानव देह में अंतिम उपदेश

•

भगवान महावीर का परिनिर्वाण

भगवान महावीर का परिनिर्वाण

प्रभु महावीर का अंतिम वर्षावास पावापुरी में व्यतीत हुआ। चातुर्मास के तीन महीने पूर्ण हुए थे। कार्तिक मास का कृष्ण पक्ष चल रहा था। अमावस्या की चरम रात्रि थी। प्रभु के धर्म समवसरण में काशी, कौशल के लिच्छवि वंश के नौ राजा, मल्लि वंश के नौ राजा तथा प्रजा प्रभु का उपदेश सुनने आए थे। इसी सभा में महावीर के सांसारिक बड़े भ्राता राजा नंदीवर्धन तथा उनकी बहन सुदर्शना भी उपदेश सुनने आई थी।

उधर देवलोक में शक्रेंद्र का आसन अचानक कंपायमान हो गया। भगवान महावीर के निर्वाण का समय निकट आया है, यह बात शक्रेंद्र समझ गए थे। यह समाचार सुनकर समस्त देवलोक के देव परिवार के साथ उपस्थित हो गए। भाव-विह्वल शक्रेंद्र ने समवसरण में पहुँचकर निवेदन किया, "प्रभु, आप सर्वज्ञ, सर्वदर्शी हैं। हस्तोत्तरा नक्षत्र में अब २ हजार वर्ष तक चलनेवाला भस्मकग्रह आनेवाला है। जिसके प्रभाव से शासन एवं धर्म की बहुत हानि होगी। यह ग्रह धर्मसंघ को प्रभावित न कर सके, एतदर्थ आप अपना आयुष्य बढ़ा दीजिए।"

प्रभु ने मुस्कुराकर कहा, "जिनशासन की हानि दुःषमकाल के प्रभाव से होनी है सो होगी ही। आयुष्य को कभी बढ़ाया नहीं जा सकता। यह प्रकृति के नियम के विरुद्ध है।"

भगवान महावीर स्वयं जानते थे कि उनका परिनिर्वाण का समय निकट आ चुका है। उन्हें अपने प्रिय शिष्य गौतम का ध्यान आया। अपने निर्वाण से गणधर गौतम को पीड़ा होगी, यह सोचकर उन्होंने गौतम स्वामी को देवशर्मा ब्राह्मण को प्रतिबोध देने भेज दिया। गणधर गौतम भी अपने गुरु की आज्ञा शिरसावंद्य मानकर समवसरण से निकल गए।

प्रभु ने अपनी अंतिम देशना शुरू की। उस देशना में ५५ अध्ययन पुण्यफल विपाक के और ५५ पापफल विपाक के कहे। वर्तमान में यह १०-१० अध्याय के रूप में मिलते हैं। इसके अलावा प्रभु ने ३६ अध्यायों वाला प्रवचन किया जो उत्तराध्ययन सूत्र के रूप में प्रसिद्ध है। सैंतीसवें अध्याय का नाम प्रधान है। प्रभु प्रवचन कर रहे थे। अचानक पद्मासन में स्थिर हो गए। तत्पश्चात् प्रभु ने काययोग में स्थित रहकर शारीरिक गतिविधियों को रोका। वाणी और मन की गतिविधियों को रोका। धीरे धीरे प्रभु योग के सर्वोच्च शिखर तक जा पहुँचे। अ, इ, उ, ऋ, लृ इन अक्षरों का उच्चारण किया। फिर चारों अघाति कर्म से सम्बंधित फल का क्षय

करके भगवान महावीर सिद्ध, बुद्ध और मुक्त हुए। वे देह रहित निराकार परमात्मा बन गए। लोक के अंतिम ऊर्ध्वस्थान सिद्धशिला पर बिराजमान हो गए।

समवसरण में हृदय को हिला देनेवाला भाव-विह्वल दृश्य था। देह पिंजरा ढ़ह गया, जिसका साक्षात्कार समवसरण में उपस्थित समस्त मानवों, देवी-देवताओं, पशुओं ने किया।

निर्वाण रात्रि पर्व

आचार्य भद्रबाहु ने कल्पसूत्र में निर्वाण का वर्णन इस प्रकार किया है -

भगवान महावीर के निर्वाण का समाचार सुनकर सुर-असुर जाति के सभी इंद्र अपने परिवारों सहित धरती पर पहुँचे। सभी देव भाव-विव्हलता से अपने आप को अनाथ मान रहे थे। शक्रेंद्र के आदेश से गोशीर्ष चन्दन और क्षीरोदक लाया गया। क्षीरोदक से प्रभु के पार्थिव शरीर को स्नान कराया गया तथा चन्दन लेप लगाया गया। दिव्य वस्त्र ओढ़ाकर देवनिर्मित शिविका में शरीर को रखा गया। इंद्र ने शिविका उठाई और संस्कार स्थल पर रचाई चन्दन की चिता पर रख दी। अग्निकुमार देवों ने अग्नि प्रज्वलित की। वायुकुमार देवों ने वायु संचार किया। अन्य देवों ने चिता में घृत और मधु उंडेला। सबके देखते देखते प्रभु का अंतिम संस्कार संपन्न हुआ। तत्पश्चात् मेघकुमार देवों ने जल की वर्षा कर चिता को शांत किया। इन्द्रसहित अन्य देवी-देवताओं ने चिता से प्रभु के दांत, अस्थियाँ निकाल कर अपने पास लीं। मानवों को चिता से भस्म मिला।

प्रभु के कांतिमय शरीर तथा तेजोवलय के कारण से अमावस का अंधकार समझ में नहीं आता था। किन्तु देह विलीन हो जाने से द्रव्य अंधकार चारों ओर छा गया। सम्पूर्ण ज्ञानी तीर्थंकर परमात्मा का पूर्ण अभाव हो गया। मानवों ने मिट्टी के दीपक प्रज्वलित किये। अपने मन को सांत्वना दी, धैर्य दिया। भगवान महावीर के निर्वाण से प्रत्येक कार्तिक अमावस्या को दीपक जलाना आरम्भ हुआ। प्रभु की स्मृति में दीपमालिका पर्व मनाया जाने लगा।

गौतम प्रतिपदा

प्रभु महावीर ने अपने परिनिर्वाण से पूर्व गौतम स्वामी को कुछ हेतुपुरस्सर दूर भेज दिया था। गौतम स्वामी को प्रभु ने देवशर्मा ब्राह्मण को प्रतिबोध देने भेज दिया

था, किन्तु प्रभु के निर्वाण के समय गौतम स्वामी अधिक शोकाकुल न हो यही एक मात्र कारण उसके पीछे था।

गौतम स्वामी ने प्रभु की आज्ञा का पालन करते हुए अपना कर्म किया। पुनः लौटते रात्रि हो चुकी थी, इसलिए वे उसी गाँव में रुक गए। वहीं पर उन्हें भगवान महावीर के निर्वाण का समाचार मिला। इंद्रभूति गौतम को वज्राघात लगा। जब से वे पहली बार प्रभु के सान्निध्य में आये तब से आज तक वे प्रभु से कभी भी जुदा नहीं हुए थे। यह प्रथम बार हुआ था। गौतम स्वामी को इस बात का दुःख था कि प्रभु के अंतिम समय में उनके दर्शन का सौभाग्य नहीं मिला। गौतम स्वामी बहुत ही विलाप करने लगे। व्याकुल होकर वे बोले, 'प्रभु, आप तो सर्वज्ञ थे, मेरी कमजोरी बता देते। मुझे दूर करने की क्या जरुरत थी? मुझे अपने मोक्षमार्ग का बाधक क्यों समझा?' विलाप करते करते गौतम स्वामी कुछ संभल गए। फिर सोचने लगे, 'मैं कितना अज्ञानी हूँ। प्रभु को पहचान न सका। उनके उपदेश के बाद भी मैं उनके स्नेह को त्याग न सका। प्रभु तो जन्मजात वैरागी, राग-लोभ-द्वेष से मुक्त थे। हमारे कल्याण के लिए उन्होंने राजपाट छोड़ा, परिवार का मोह तोड़ा, अनेक कष्ट झेले। उनकी ही कृपा से संसार के अनेक जीव मोक्षमार्ग पा गए। वे सबके तारणहार थे। मुझे प्रभु की शिक्षा का ध्यान रखना चाहिए। राग-लोभ-द्वेष से मुक्त होना चाहिए।'

प्रभु के उपदेश का स्मरण करते करते गौतम स्वामी के राग के बंधन ढ़ीले पड़ गए, सब कर्म-बंधन टूट गए। उन्हें भी आत्मा को परमात्मा बनानेवाला केवलज्ञान प्राप्त हो गया।

गणधर गौतम चार ज्ञान के धारक थे। प्रभु से आयु में बड़े थे परन्तु प्रभु के प्रिय शिष्य थे। सरलात्मा थे, विनय के प्रतीक थे। अहंकार से मुक्त थे। जैन परंपरा में गणधर गौतम को मंगल माना जाता है। उनका नाम-स्मरण भी भक्तों के दुःख को दूर करनेवाला है।

भैया दूज

भगवान महावीर के अंतिम समवसरण में उनके बड़े भ्राता नंदिवर्धन उपस्थित थे। प्रभु के निर्वाण का दृश्य देखकर उनके हृदय को बड़ा आघात पहुँचा। उनका खाना-पीना छूट गया। वे व्याकुल हो गए। बहन सुदर्शना को भी बड़ा दुःख हुआ। उसने यह भी देखा कि भाई नंदिवर्धन ने शोक वश भोजन छोड़ दिया है। सुदर्शना ने उन्हें अपने घर बुलाया। अपनी मधुर वाणी से महावीर के उपदेश का स्मरण कराया।

'भगवान महावीर की आत्मा अविनाशी सिद्धिस्थान को प्राप्त हुई है। अतः शोक नहीं करना चाहिए। यदि भगवान को सचमुच याद करते हो तो उनके आदर्शों को अपनाकर जीवन को सफल बनाना चाहिए।' यह समझाकर सुदर्शना ने प्रेमपूर्वक भोजन कराया। नंदिवर्धन को तिलक लगाया। सकारात्मक बातों से उन्हें प्रेरणा दी। इसके बाद नंदिवर्धन ने पुनः अपने कर्तव्य को संभाल लिया। वे कुण्डलपुर आकर राज्य का संचालन करने लगे।

भगवान महावीर सिंह गति को प्राप्त हो गए। उस पुण्य स्मृति में राजा नंदिवर्धन ने निर्वाण स्थल पावापुरी में एक स्मारक का निर्माण किया। भगवान के उपदेश अहिंसा, अपरिग्रह एवं अनेकांतवाद के सन्देश की गौरव गाथा गानेवाला वह स्मारक प्रभु का पावन स्मृति स्थल बन गया।

जैनेतर विद्वानों की दृष्टि में भगवान महावीर

इतिहास तज्ञ माननीय पं. बाल गंगाधर टिलक

गौतम बुद्ध, जैन के २३ वें तीर्थंकर भगवान पार्श्वनाथ के संघस्थ मुनि केशीकुमार के समय से शिष्य थे। इससे यह सिद्ध होता है कि बौद्ध धर्म से पूर्व जैन धर्म का प्रकाश फ़ैल रहा था। २४ तीर्थंकरों में भगवान महावीर अंतिम तीर्थंकर थे। इससे भी जैन धर्म की प्राचीनता जानी जाती है। बौद्ध धर्म के तत्व जैन धर्म के तत्वों का अनुकरण है।

महात्मा गांधी, महावीर जयंती समारोह, १९७६, अहमदाबाद

मैं विश्वास पूर्वक यह कहता हूँ कि महावीर की पूजा उनके अहिंसा सिद्धांत के कारण है। मैंने अपनी शक्ति के अनुसार संसार के भिन्न भिन्न धर्मों का अध्ययन किया है, तथा जो योग्य लगे, उनका आचरण भी मैं करता हूँ। मैं अपने आपको एक पक्का सनातन हिंदु मानता हूँ और इसलिए मानता हूँ कि जो सच्चा हिंदु है वह जैन है और जो सच्चा जैन है वह हिंदु है। प्रत्येक धर्म की उच्चता इसी बात में है कि उस धर्म में अहिंसा का तत्व कितने परिमाण में है और इस तत्व को यदि किसी ने भी अधिक से अधिक विकसित किया है, तो वे महावीर स्वामी थे।

◈

संदर्भ सूचि

१. उपाध्याय मुनि 'महेंद्रकुमारजी 'प्रथम'; अप्रतिम योगी भगवान् महावीर', प्र. सं. १९७८.
२. वीरेन्द्रकुमार जैन, अनुत्तरयोगी तीर्थंकर महावीर, प्र. सं. १९७४.
३. राजेंद्र मुनि, भगवान महावीर, जीवन और दर्शन, वर्ष १९७४.
४. रतिलाल मफाभाई शाह, जिनेंदु, अंक अप्रेल २००२ , महावीर के जीवन के पाँच विरल चित्र
५. कल्पसूत्र
६. पुरुषोत्तम व रविंद्र जैन, सचित्र भगवान महावीर जीवन चरित्र, तृ. सं. २०१६
७. मुनि श्री चन्द्रशेखरविजयजी, त्रिलोकगुरु श्री महावीर देव, सन १९७५.
८. डॉ. शोभनाथ पाठक, भगवान महावीर, च. सं. १९८९.
९. आ. श्री हस्तीमलजी, जैन धर्म का मौलिक इतिहास, भाग प्रथम, द्वि. सं. २०१२.
१०. उप. प्र. पू. श्री अमरमुनिजी म., तीर्थंकर चरित्र
११. भानुविजयजी महाराज, गणधरवाद वि. सं. २०२६.
१२. आचार्य श्री हस्तीमलजी म. सा. जैन धर्म का मौलिक इतिहास, भाग प्रथम, द्वि. सं. २०१२.
१३. आचार्य देवेन्द्रमुनि, नीतिशास्त्र (जैन धर्म के संदर्भ में)
१४. देवेंद्र मुनि शास्त्री, ए सोर्स बुक इन जैन फिलॉसॉफी इ. सन् १९८३.
१५. स्व. शंकरलाल कपाड़िया, स्याद्वाद
१६. युवाचार्य मधुकरमुनि, औपपातिक सूत्र प्रस्तावना, प्र. सं. १९८२.
१७. प्र. अमरमुनि, सचित्र भगवती सूत्र भाग ३, नवम शतक, प्र. सं. २००८.
१८. युवाचार्य मधुकरमुनि, उवासगदसाओ, द्वि. सं. १९८९.
१९. मुनि रमेशकुमार, सं. जिनेंद्रकुमार जिनेंदु; भ. महावीर जन्म-कल्याणक विशेषांक, अप्रेल २००२.
२०. पं. फूलचंद्र सिद्धांत शास्त्री, श्रमण १९५१.
२१. मुनि श्री कन्हैयालालजी 'कमल' आचारचूला प्र. सं. २०००.

लेखिका का परिचय

साध्वी जी डॉ. प्रतिभा 'श्री प्राची'

एम.ए., पीएच. डी.

वर्धमान प्रतिष्ठान, सेनापति बापट मार्ग, शिवाजीनगर, पुणे, ४११००५

दूरभाष : ९१३००१०२०९

- इलाहाबाद (प्रयाग) से जैन सिद्धांताचार्य की उपाधि प्राप्त
- IGNOU से बी.ए. ओनर्स, जैन विश्वभारती लाडनूं से एम.ए. एवं पीएच.डी.
- MIT-ADT विश्व विद्यालय से प्राकृत एवं जैन स्टडिज़ सर्टिफिकेट/डिप्लोमा/बी.ए./एम.ए./= पाठ्यक्रम - संचालिका तथा पाठ्यपुस्तक - संकलनकर्ता
- श्वेतांबर जैन तत्त्वज्ञान के सभी ३२ आगमों का ज्ञान
- दिगंबर जैन तत्त्वज्ञान के लगभग सभी आगमों का ज्ञान
- संस्कृत और प्राकृत व्याकरण की पूरी जानकारी
- पिछले ३६ वर्षों से जैन आगम तत्त्वज्ञान और साहित्य विषय पर व्याख्यान
- बालिकाएं, महिलाएं एवं युवाओं के लिए परिपाठों (शिविरों) का आयोजन
- भारत के विभिन्न राज्यों में सामाजिक और अध्यात्मिक विषयों पे भाषण
- जैन धर्म एवं भगवान महावीर के तत्त्वों के प्रसार करने में अग्रणि
- तात्त्विक और जैन धर्म से संबंधित १० पुस्तकों का लेखन
- संस्कृत, प्राकृत, अंग्रेजी, पंजाबी, मराठी, कन्नड, राजस्थानी, गुजराती, हिंदी - ९ भाषाओं में एक साथ प्रवचन
- वर्धमान एजुकेशन एंड रिसर्च इंस्टीट्यूट (शिवाजीनगर, पुणे) की संस्थापिका, प्रेरिका

www.ingramcontent.com/pod-product-compliance
Lightning Source LLC
LaVergne TN
LVHW010816051026
849532LV00007B/2549
9789389834260